U0094907

紅色手指

赤い指

あかいゆび

Higashino Keigo

東野圭吾

劉姿君——譯

紅色手指

紅色手指

1

晚餐時間將近，隆正突然說要吃蜂蜜蛋糕。那是松宮剛帶來的禮物。

「都要吃晚餐了，現在吃好嗎？」松宮提起蛋糕紙袋問道。

「管他的，肚子餓了就吃，這樣對身體才是最好的。」

「被護理師罵我可不管喔。」松宮嘴上這麼說，但看到年邁的舅舅有食慾，他還是很高興。

松宮從紙袋取出蛋糕盒，打開蓋子。這家店的蜂蜜蛋糕是以方便入口的小尺寸各別包裝，松宮拆了一個，交到隆正瘦弱的手上。

隆正以另一手移動枕頭，想把頭墊高。松宮湊上前幫忙。

通常成人頂多兩口就能吃完的蜂蜜蛋糕，隆正卻是一小口一小口、花了許多時間慢慢吃完，似乎有些吞嚥困難，也像是在享受蛋糕的香甜。

「要喝茶嗎？」

「嗯，要。」

松宮拿起放在一旁推車上的保特瓶，遞給隆正。瓶裡插了吸管，仍躺著的隆正就口喝了起來，喝得很順。

「燒退了嗎？」松宮問。

「老樣子，在三十七、八度之間來來去去。我早就習慣了，決定把這當成是我的正常體溫。」

「嗯，你不會不舒服就好。」

「脩平啊，你跑來這裡不要緊嗎？工作呢？」

「世田谷那件案子解決了，所以我這陣子滿閒的。」

「像這種時候，不是應該趁機準備升級考嗎？」

「又來了。」松宮搔了搔頭，皺起眉。

「不想念書的話，去找女生約會也好，用不著擔心我，不會有事的，反正克子也會來啊。」

克子是松宮的母親，也就是隆正的妹妹。

「我沒有約會的對象。再說，舅舅也很閒吧？」

「那可不見得，我躺在床上也有很多事要思考。」

「思考這個嗎？」松宮拿起擺在推車上的一塊板子。那是一個將棋盤，棋子背面有磁鐵可吸附盤面。

「你別動到棋子，還沒下完。」

「我不太懂將棋，不過這盤面看著和我上次來的時候差不多啊。」

「沒那回事，戰況時時刻刻都在變化。敵方也是個好手。」

隆正剛說完，病房門打開，一名護理師走進來，是年約三十的圓臉女性。

「要量體溫和血壓嘍。」她說。

「說曹操曹操就到，我正讓這小子看棋盤呢。」

聽到隆正這麼說，圓臉護理師微笑。

「妳決定好怎麼下了嗎？」

「嗯，當然。」護理師說完，手伸向松宮手上的棋盤，動了一枚棋子。

松宮吃了一驚，看看隆正，又看看護理師。「咦，你的對手是護理師？」

「她可是強敵呢。脩平，拿近點讓我看。」

松宮拿起棋盤站到床邊。隆正一看棋局，眉頭緊蹙，臉上無數的皺紋皺得更深了。

「原來如此，是桂馬。居然還有這一手。」

「要想對策請等量完再想喔，不然血壓會升高。」

護理師熟練地爲隆正測量體溫和血壓，她胸口別的名牌上寫著「金森」二字，松宮曉得她名叫登紀子，是隆正告訴他的。那時隆正還說：人家年紀雖然比你大了點，找她出去約會如何？松宮當然沒那個意思，對方應該也沒興趣吧。

「有沒有哪裡疼痛？」量完後，護理師問隆正。

「沒有，一切都是老樣子。」

「那麼，如果有什麼事請馬上呼叫我們。」金森登紀子帶著笑容離開了。

目送她離開後，隆正的視線隨即回到棋盤上。「來這一手啊。雖然不是沒預測到這種下法，確實挺意外的。」

看來舅舅的確不會無聊了，松宮放心了些，從椅子上起身。「舅舅，那我差不多該走了。」

「嗯，替我問候克子。」

松宮拉開病房門正要離開，「脩平。」隆正喚住他。

「什麼事？」

「……我是說眞的，你不要勉強來看我，你該做的事多得是。」

「舅舅，我眞的一點也不勉強。我會再來看你。」留下這句話，松宮便離開了病房。

走向電梯的途中，他先繞去護理站一趟，發現金森登紀子也在，便朝她招了招手。她一臉狐疑地走過來。

「請問，最近有沒有人來探望我舅舅？我是指，除了家母之外。」

克子常來探病，護理師們應該都認得。

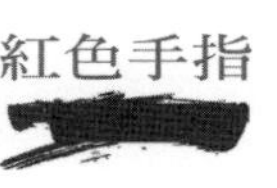

金森登紀子偏頭回道：「就我所知，並沒有耶……」

「我表哥呢？呃，就是我舅舅的長子。」

「加賀先生的兒子嗎？嗯，我沒看到人呢。」

「是嘛。不好意思，打擾妳工作了。」

「哪裡。」她微微一笑，回到工作崗位。

進了電梯，松宮不禁嘆氣，無力感包圍著他。他感到焦慮又懊惱，難道只能眼睜睜地看著舅舅愈來愈虛弱，一點忙都幫不上嗎？

他想起隆正那張泛黃暗沉的臉。隆正的膽囊和肝臟受到癌細胞侵蝕，只是他本人並不知道，主治醫師告訴他是膽管炎。醫師說，癌細胞已蔓延到無法開刀摘除病灶的地步，目前能做的，只有盡可能延長性命，而一旦患者表示感到劇痛，將施打嗎啡。這一點，松宮和母親克子都同意了。兩人的共識是──至少要讓隆正走得不痛苦。

那一刻不知何時會來臨，但醫生說，可能就在這幾天了。松宮和舅舅面對面交談，實在很難相信舅舅病得這麼嚴重，然而死神確實一步步逼近。

松宮初次見到加賀隆正，是在即將升上中學的時候。松宮和母親克子兩人原本住在高崎，當時他並不清楚爲什麼要搬來東京，只聽說是克子工作的關係。

當初母親向他介紹隆正時，他吃了一驚，因爲他壓根不曉得自己與母親還有親戚，他一直以爲母親是獨生女，外公和外婆早就過世了。

加賀隆正從前是警官，退休後在保全公司擔任顧問，工作絕對稱不上清閒，卻經常前來松宮家拜訪，而且也不像有什麼要緊事，感覺只是過來看看而已。絕大多數的時候，隆正都不忘帶點吃的當伴手禮，通常是大福或包子之類、發育中的中學生愛吃的東西，還曾在盛夏時節帶一整個西瓜來。

松宮不明白的是，對他們這麼好的舅舅，爲什麼以前與母親完全沒往來？聯絡東京與高崎兩地的交通應該不至於不方便啊。他向克子或隆正問起這件事，總是得不到滿意的答覆，他們都回說只是有一陣子沒聯絡罷了。

直到升上高中，松宮才終於從克子口中得知原由，起因是戶籍謄本。松宮戶籍謄本上的父親欄是空白的，他拿這一點逼問母親，卻得到意外的答案。

原來松宮的生父並沒有與克子結婚，「松宮」是克子前夫的姓氏。

之所以無法結婚，是因爲男方是已婚身分，換句話說，兩人是所謂的外遇關係。但那並不是一時花心，男方設法離婚，卻始終離不成，於是他離家出走，與克子一起在高崎落腳。他是個日本料理廚師。

不久後兩人有了孩子，男方的離婚還是沒辦成。即使如此，他們依舊一如夫婦般過生活，直到一場意外的悲劇降臨。男方工作的日本料理店失火，他沒來得及逃生，葬生火窟。

帶著年幼孩子的克子只能獨力討生活。松宮依稀記得母親曾從事特種行業，每天都深夜才回家，而且總是喝醉酒，常看她趴在流理台嘔吐。

當時向這對母子伸出援手的，就是加賀隆正。克子沒把母子倆在高崎的住處告訴任何人，唯獨隆正查了出來，與她保持聯絡。

隆正力勸克子回東京，說這樣自己才方便就近照顧。克子不想給哥哥添麻煩，但一考慮到兒子，她曉得不能再逞強下去，於是決定搬到東京。

隆正不僅爲他們找到住處，還幫克子找了份工作，甚至拿錢貼補母子倆的生活費。

聽完來龍去脈，松宮才明白自己爲什麼能擁有一般水平的生活，原來這一切都出自舅舅愛護妹妹的一片心意。

我絕對不能辜負舅舅的期望，無論如何都要報恩！——松宮的學生時代就抱著這樣的信念度過。之所以下定決心拿獎學金上大學，也是爲了達成隆正對他的期望。

至於就職出路，他毫不猶豫地選擇當警察，因爲這是世上他最尊敬的人從事的工作，他當然不考慮其他行業。

既然無法挽救舅舅的生命，至少要讓舅舅了無遺憾——這是松宮此刻的心願，他認爲這才是對隆正最後的報恩。

2

完成開會用的資料，前原昭夫猶豫著該不該關掉電腦電源，相隔兩個座位的山本起身，將公事包拿到辦公桌上，開始收拾東西準備下班。

「阿山，要回去啦？」昭夫出聲問道。山本和他是同期進公司的，晉升的速度也和他相去不遠。

「嗯。還有一些雜事，不過我想下週再處理就好了。倒是你，還在忙什麼？好好的星期五，幹麼拚到這麼晚？」山本拿起公事包來到昭夫座位旁，一看電腦畫面，嚇了一跳。「這啥啊？這個會議不是下星期五才要開嗎？你現下就在準備資料？」

「我想早點做好，早點安心。」

「眞了不起，不過也不必趕在星期五下班後做吧？又沒有加班費。」

「還好啦，想說先弄一弄。」昭夫操作滑鼠關掉電腦，「對了，阿山，你今晚有空嗎？很久沒去『多福』了。」他說著比出喝酒的手勢。

「抱歉，今天沒辦法。我老婆的親戚要來家裡，叫我早點回去。」山本豎起單掌道歉。

「是喔，眞遺憾。」

「下次吧。不過你也早點回去嘛，這陣子你好像一直在加班。」

「沒有啦，只是偶爾加班一下。」昭夫堆起笑容，一邊心想，人們對於別人的事乍看漠不關心，其實都看在眼裡。

昭夫抬頭望向牆上的時鐘，剛過六點。

「別太拚啦。那我先走嘍。」山本說完便離開了。

他裝作若無其事地環視辦公室，整個營業部還有十幾人在座位上，當中兩人是他負責管理的直納二課的課員。一個是進公司才兩年的年輕人，昭夫和他一對一談話時都不曉得要聊什麼；另一個小昭夫三歲，是他最談得來的部下，卻是滴酒不沾。換句話說，這兩人都不是能相約去喝酒的對象。

昭夫悄悄嘆了口氣。沒辦法，今天就直接回家吧。

就在這時，手機響了。一看螢幕的來電顯示，是家裡打來的。昭夫心中頓時湧起一股不祥的預感。這種時間打來，會是什麼事……？

「喂。」

「啊啊，老公。」是妻子八重子。

「怎麼了？」

「那個……有點狀況，你趕快回來！」

妻子說得很急促。每當不知如何是好的時候，她的語速就會變快。昭夫心想，預感成眞了，不由得憂鬱起來。「幹麼？我在忙。」他拉起防線。

「能不能想辦法先離開公司？事態很嚴重。」

「很嚴重……？」

「電話上不方便講，我也不知道該怎麼解釋，反正你趕快回來好不好？」話筒彼端傳來她的喘息，她似乎相當激動。

「到底是什麼事？大概講一下讓我有個底啊。」

「就是……發生不得了的大事了。」

「這樣我怎麼聽得懂！有什麼話拜託妳冷靜講可以嗎？」

八重子沒有回答。昭夫十分不耐煩，正想追問，話筒彼端傳來啜泣聲，他感到自己的心跳倏地加快。

「知道了，我馬上回去。」

說完他就要掛斷電話，八重子出聲：「等一下。」

「怎麼了？」

「能不能叫春美今晚不要過來。」

「她在的話不方便嗎？」

「嗯。」八重子應聲。

「那妳隨便找個藉口跟她說就好啦。」

「可是我……」八重子沉默了，她的思緒似乎相當混亂，一時無法思考。

「好啦，我打電話給她，找個理由叫她別來。這樣行了吧？」

「你會馬上回來吧？」

「會啦。先這樣。」昭夫掛了電話。

小他三歲的部下似乎聽到了通話內容，抬頭問：「發生什麼事了嗎？」

「我也不是很清楚，家人只是一直叫我早點回家。那麼，我先下班了。」

「啊，好的。路上小心。」部下的表情寫著：沒什麼事還留在公司才奇怪吧。

昭夫的公司是照明器材製造商，總公司位於東京中央區的茅場町。他朝地下鐵車站走去，一邊拿出手機打電話到春美家。春美是小他四歲的妹妹，現在冠夫姓「田島」。

春美接起電話，一聽到是昭夫的聲音，劈頭就問：「出事了嗎？」語氣中帶著些許疑惑，她是省略了開頭的「媽」這個字吧。

「沒有，沒事啦。剛才八重子打電話給我，說媽睡了，我們想著還是別吵醒她好了。」

「那我……？」

「嗯，今天不用過來了。明天再麻煩妳。」

「哦……明天就照舊了嗎？」

「嗯嗯，照舊啊。」

「好，我知道了，剛好我這邊也有點忙不過來。」

大概是忙著計算營業額什麼的吧。春美的丈夫在車站前經營一家舶來品店。

「妳應該很忙吧，不好意思，每天都麻煩妳。」

「沒關係啦。」春美低聲回道，話語中有種「事到如今有什麼好說的」的意味。

「那就明天見。」昭夫掛了電話。

出公司走了一段路，他才發現忘記帶傘。早上出門時還在下雨，不知雨是什麼時候停的，因爲他今天都待在公司裡。他懶得折回去拿，於是繼續朝車站前進，這下他留在公司的傘就有三把了。

從茅場町搭地下鐵來到池袋，轉乘西武線。電車內依舊擁擠，別說想轉身，連稍微動動手腳都得小心別撞到旁邊的人。即使才四月中旬，人擠人的悶熱逼得他的額頭與脖子頻頻冒汗。

昭夫勉強搶到一個吊環，迎面的車窗映出他疲累的面容，那是一張快五十歲的中年人的臉。這幾年，他的髮際線退後不少；眼尾似乎有些下垂，應該是臉部皮膚鬆弛的緣故

吧。看著這張臉實在開心不起來，於是他閉上眼。

他思考著八重子剛才打來的那通電話，究竟發生了什麼事？他首先想到的是母親政惠，難道母親出了什麼狀況嗎？如果是母親出狀況，八重子不會那樣支吾其辭，但她又希望春美今天不要來家裡，可見與政惠脫不了關係。

昭夫不禁撇下嘴角。想到八重子不知又給他出了什麼難題，心情就一片陰鬱。其實，最近老是這樣。下班一回到家，就得聽八重子無止境的叨念，說她多麼委屈，忍耐到了極限等等。有時候是哀怨細訴，有時候是破口大罵。而昭夫的角色便是扮演聆聽者，默默地聽，絕對不能回嘴，要是話語中有一絲否定她的意思，情況就會惡化。

昭夫之所以沒要緊的工作還留在公司加班，就是不想太早回家。回家後，不光是疲憊的身體無法休息，精神上也會不斷受到轟炸。

他有時會後悔與母親同住，但一路走來，他比誰都清楚這是唯一的辦法，親子之間的羈絆是切不斷的。

只是，爲什麼偏偏搞成這樣？——昭夫忍不住想這麼抱怨，然而他連個發牢騷的對象都沒有。

3

昭夫和八重子是在十八年前結婚的。由上司介紹認識的兩人，經過一年的交往之後步入婚姻。他們並沒有所謂的熱戀期，只是彼此都沒有其他意中人，也沒想過要分手，後來女方表示想在錯過適婚年齡前有個明確的結果，兩人便結婚了。

昭夫單身時代是一個人住，婚前與八重子討論過好幾次婚後要住哪裡，八重子說她沒意見，但昭夫還是決定在他的租屋處展開新婚生活，因爲老家有年邁的雙親在，他心知遲早得兩代同堂，所以在那之前，他希望至少能讓妻子少吃一點苦。

三年後，孩子出生，是個男孩。「直巳」這個名字是八重子取的，她說懷孕時就想好了。

直巳出生後，前原家的生活有了微妙的變化——養育孩子成爲八重子看待所有事物的出發點。昭夫認爲這樣沒什麼不好，只是對她完全無心做家事感到不滿。原本整齊的屋子變得亂七八糟，晚餐吃超市便當的情況也屢見不鮮。

試著提醒妻子，八重子卻凶巴巴地瞪了他一眼。

「你知道帶小孩有多辛苦嗎？家裡亂一點又怎樣？你要是眞的看不順眼，不會自己收拾啊！」

昭夫知道自己在照顧孩子方面沒什麼貢獻，面對她的反駁根本無法回嘴。他曉得帶小孩非常辛苦，也認爲不做家事總比不帶小孩好。

第一個孫子誕生了，昭夫的雙親當然很高興。爲了讓兩老看看孫子，一個月回老家一次成了他們的習慣，當初八重子也沒有表示不願意。

然而不知是第幾次回老家時，母親政惠的一句話惹火了八重子。導火線是離乳食品，政惠的建議與八重子的育兒方針背道而馳，於是她抱起直巳衝出去攔計程車，就這麼回家了。

八重子對追著她回家的昭夫放話：「我再也不去你爸媽家了。」

不僅如此，她開始抱怨一直以來婆婆對她帶小孩和做家事的方式挑三揀四，而她又是多麼忍耐。吐出的埋怨像山洪爆發般一發不可收拾，無論昭夫好說歹說，她就是聽不進去。

無奈之下，昭夫答應她暫時不用回去老家了，心想過一段時間她應該會冷靜下來。然而，產生裂痕的婆媳關係，並不是說修復就能修復的。

接下來好幾年，昭夫都無法帶兒子去見雙親。即使有事不得不回老家處理，也是他獨自回去。當然，父母一直追問原因，也拜託他讓他們見孫子。

「沒有哪個媳婦喜歡去婆家的，這一點我最清楚了，公公婆婆什麼的，一個比一個煩，所以八重子不願意回來沒關係，只是，你能不能帶直巳回來就好？你爸也覺得很寂寞啊。」

聽到政惠這番話，昭夫不知如何是好。他明白雙親的心情，但他不覺得八重子會答應，再者他根本沒有勇氣向妻子提起這件事。要是聽到他只想帶直巳回老家，八重子肯定會大發雷霆。

昭夫以一句「我會想辦法的」搪塞父母，當然，實際上他從未向八重子提過這件事。

就這樣，七年過去了。有一天，政惠打電話來，說父親章一郎腦中風昏倒失去意識，情況危急。

直到這時，昭夫才首度開口拜託八重子同行，還說這恐怕是最後一次見到父親了。八重子可能覺得公公臨終不在場說不過去，並沒有拒絕。

昭夫帶著八重子和直巳趕到醫院，只見政惠臉色發青坐在等候室，她說章一郎正在接受溶解血栓的治療。

「你爸洗完澡出來抽菸，突然就昏倒了。」政惠一副快哭出來的樣子。

「所以我不是早就叫爸戒菸了嘛。」

「話雖如此，但那是你爸的樂趣啊。」政惠神情苦澀地應道，接著看向八重子說：

「好久不見。不好意思，還要妳特地趕來。」

「應該的。眞的好久不見了，對不起。」八重子板著臉回道。

「沒關係啦，妳一定很忙。」政惠的視線從八重子身上移開，望向躲在母親身後的小孫子直巳，微笑著說：「你長得好大了，認得我嗎？我是奶奶。」

「叫『奶奶』。」昭夫對直巳說，但直巳只點了個頭。

春美也帶著丈夫趕來，和昭夫交談幾句之後，便挨在政惠身邊鼓勵她，從頭到尾看都沒看八重子一眼，顯然是對不讓父母看孫子的嫂嫂非常不滿。

在尷尬的氣氛中，昭夫焦急地等待急救結束。只能祈禱治療順利了，但他同時也在思考，要是父親就這麼去世該怎麼處理。該通知誰？葬禮該怎麼舉行？該怎麼對公司交代？——種種思緒盤據他的腦海。

悲觀的想像逐漸膨脹，他甚至想到葬禮結束後的事。孤單一人的母親該怎麼辦才好？或許暫時還能讓她自己過日子，但總不能一直放著母親一個人不管，最後肯定只能由自己來照顧了，可是……

八重子帶著直巳，面無表情地坐在稍遠處的椅子上。直巳可能是不了解狀況吧，一副百無聊賴的模樣。

昭夫心想，接母親來同住是絕對不可能的。現在雙方分開住，偶爾才見面，婆媳倆都那麼合不來了，要是住在同一屋簷下，天曉得會出什麼問題。

總之，請讓父親撐過這一關吧！——昭夫一心祈求。雖然是遲早都得面對的難題，但拜託不要是現在。

也許是老天爺聽到了他的心願，章一郎撿回一命，雖然左半身有些麻痺，對日常生活起居不會造成太大的影響。之後章一郎順利出院，昭夫不時打電話回老家關心狀況，不過從政惠口中都沒有聽到壞消息。

有一天，八重子居然問他：「欸，那時候要是爸爸走了，你打算怎麼安置媽媽？」眞是個折磨人的問題，昭夫說自己什麼都沒想。

「沒想過要一起住？」

「我沒想到那麼遠啊。妳問這個幹麼？」

「因爲我在擔心要是你這麼提議，該怎麼辦。」八重子斬釘截鐵地說，她絕對不願一起住。「我覺得很抱歉，可是我沒有自信能和媽媽處得來。或許總有一天不得不照顧她的起居，但你千萬別打同住的算盤。」

妻子都說得這麼明白了，昭夫什麼話也不敢回，只簡短說聲「我知道了」。他暗暗想著，或許母親比父親先走一步反倒對兩家都好，八重子似乎不那麼討厭章一郎。

然而，事情發展並未如他所願。

過了幾個月，政惠打電話來，語氣消沉地說章一郎的舉止十分奇怪。

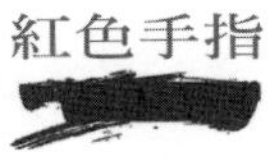

「妳說奇怪，是怎麼個奇怪法？」昭夫問。

「就是啊，同樣的事情他會重複說上好幾次，可是我才剛說過的話他馬上忘得一乾二淨……」接著政惠喃喃低語：「會不會是痴呆了？」

「不會啦！」昭夫反射性地回道。父親個頭雖然矮小，身子卻很硬朗，每天必定出門散步和仔細讀完報紙上的每篇報導，昭夫從沒想過這樣的父親會有痴呆的一天。即使他明白這是每個家庭都可能發生的事，仍毫無來由地相信絕對不會發生在自己家裡。

「反正你先回來看一下吧。」政惠說完便掛了電話。

昭夫將這件事告訴八重子，她看著昭夫皺起眉頭說：「她是想叫你怎麼樣？」

「就先去看看狀況啊。」

「然後呢？要是爸爸痴呆了呢？」

「這個……我還沒想那麼多。」

「你可不要隨口答應。」

「答應什麼？」

「你身爲長男，確實有一定的責任，但我們也有我們的生活，直巳又還那麼小。」

他終於聽懂八重子的意思了，她是想說，絕對別想逼她照顧痴呆的人。

「我明白，不會麻煩到妳的。」

「明白就好。」八重子流露半信半疑的眼神應道。

隔天下班後，昭夫回老家去探望父親。不知父親變成怎樣了？——他懷著近似恐懼的不安心情進了家門，然而出來迎接他的，正是章一郎。

「喲，今天你怎麼會跑來？怎麼啦？」

父親爽朗地打了招呼，問起昭夫的工作狀況。看他那副樣子，實在感覺不出絲毫痴呆的徵兆。

等外出的政惠回來，昭夫將自己觀察到的狀況告訴她，但她只是一臉疑惑地偏頭說：

「你爸的確有狀況不錯的日子，可是只剩我們兩人的時候，他就變得怪怪的。」

「我會常回來看爸爸的。總之目前看來似乎都還好，這樣我就放心了。」那天昭夫就這麼回去了。

後來他又回去探望了兩次，看上去章一郎都沒什麼不對勁。不過據政惠說，父親明顯是痴呆了。

「他根本不記得跟你說過話，連吃過你帶來的大福都忘了。我看還是得帶他去給醫生看一下，你能不能幫忙勸勸你爸上醫院？我叫他去，他都堅持說他沒病。」

政惠都開口拜託了，昭夫只好帶著章一郎去了趟醫院。他對章一郎說是腦中風要複檢，章一郎便同意了。

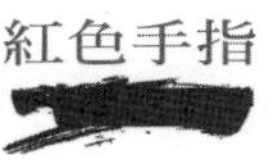

診斷的結果，章一郎的腦部果然已有相當程度的萎縮，罹患的正是老人失智症。

從醫院回到老家，政惠忍不住對昭夫吐露對於往後生活的不安，然而昭夫無法提出任何具體的解決辦法，只說了些「會盡可能幫忙」之類空泛的口頭支票。一方面是他還沒認清狀況有多嚴重，另一方面是他不能未經八重子同意就做出任何承諾。

後來章一郎的症狀急遽惡化，而通知昭夫這件事的，是春美。

「哥，你最好回去看一下，你一定會被嚇到的。」

聽到她的話，昭夫腦中浮現不祥的想像。

「吃驚？怎麼說？」

「你回去就知道了。」春美只回了這一句，就掛斷電話。

幾天後，昭夫回老家探望父親，終於明白妹妹那句話的意思。章一郎整個人都變了，變得又瘦又虛弱，雙眼無神。不僅如此，他一見到昭夫就想逃。

「怎麼了？爸，你幹麼跑掉？」

昭夫抓住父親那滿是皺紋的細瘦手臂，章一郎似乎恐懼不已，大叫出聲，還試圖甩開他的手。

「你爸不認得你了，大概以爲來了個不認識的大叔吧。」事後政惠向他解釋。

「那他認得媽嗎？」

「有時候認得，有時候不認得，還會誤認我是婆婆……上次甚至當春美是他的太太。」

母子倆交談之際，章一郎只是坐在緣廊呆呆地望著天空，談話內容似乎完全沒進到他的耳裡。他的指尖是鮮紅色的。昭夫問起那是怎麼了，政惠回答：「他在玩化妝遊戲。」

「化妝遊戲？」

「你爸翻出我的化妝品當玩具，拿口紅到處畫，手指頭都弄得紅通通的，跟小朋友一樣。」

聽政惠說，章一郎有時會出現退化爲幼兒般的舉止，有時又會突然恢復正常。可以確定的是，他的記憶力嚴重退化，自己做過什麼事都不記得了。

昭夫無法想像和這樣的患者一起生活是什麼情況，他只知道政惠爲此吃足了苦頭。

「那是『辛苦』一詞都不足以形容的。」有次昭夫和春美單獨碰面，她嚴肅地對昭夫說：「上次我回家的時候，爸正在發飆，對媽大發脾氣，屋裡被爸弄得亂七八糟，壁櫥裡的東西全都翻出來丟了一地。爸嚷嚷著他的寶貝手表不見了，一直賴說是媽拿走的。」

「手表？」

「很久以前爸自己扔掉的，說是壞了留著沒用。媽跟我把這段往事告訴他，他還是聽不進去，吵著說沒那支手表就沒辦法出門。」

「出門？」

「說是要去上學。媽跟我都聽不懂他在說什麼，可是啊，遇到這種情況千萬不能違逆他。我們告訴爸會幫忙把手表找出來，他才總算不鬧了。我們還安撫他說，學校明天再去就好了。」

昭夫無言以對，實在無法相信那是自己的父親。

兄妹倆談到將來該怎麼辦。春美和公婆同住，即使如此，她仍想盡可能幫政惠的忙。

「也不能只靠妳啊。」

「可是，哥，你那邊沒辦法吧。」

春美話中暗指無法期待八重子的協助，昭夫只能沉默以對。

事實上，他向八重子提過章一郎生病一事，但她的反應很冷淡，事不關己地說：「媽眞辛苦啊。」對於這樣的妻子，一句「妳也幫點忙好嗎？」昭夫實在說不出口。

過了一陣子，昭夫又回老家探望，一進門便聞到惡臭。他以爲是廁所馬桶壞了，走到屋內深處，發現政惠拉起章一郎的手擦拭著，章一郎則是東張西望，舉止像個幼兒。

一問緣由，原來是章一郎從紙尿布裡拿出自己的排泄物來玩。政惠描述整件事的語氣非常平淡，神情彷彿訴說著：這是常有的事，沒什麼好訝異的。

政惠明顯憔悴許多，原本圓潤的臉頰消瘦，皺紋增加了，眼周是兩圈黑影。

昭夫提議送父親去養護中心，說錢由他出，然而在場的春美不屑地笑了。

「哥，你眞的什麼都不懂。我和媽早就考慮過了，不單找了照護管理師商量，還託人幫忙找適合的養護中心，可是每一家都拒收，沒有地方願意收留爸。所以即使爸的情況已這麼嚴重，還是只能由媽來照顧。」

「拒收？爲什麼？」

「因爲爸的精神太好了，就像個精神飽滿的孩童，會大吼大叫，會亂跑亂鬧，完全不受控制。而且要是像孩童一樣睡著後便安靜下來也就算了，偏偏爸經常半夜爬起來亂跑。收了這種人，就得有一名看護全天候盯著他，何況又會造成其他老人家的困擾，養護中心當然拒收。」

「可是，所謂的養護中心，不就是得接收像這樣的老人家嗎？」

「你跟我說有什麼用？反正照護管理師是說還在找啦，因爲連日間照護中心都拒絕我們了。」

「日間照護中心？」

春美望向昭夫，眼神裡寫著：「你連這個都不知道？」

「那裡只幫忙照顧患者到傍晚，晚上得帶回自家。有一次看護要幫爸洗澡，爸突然大鬧，推倒別的老人家的椅子，幸好對方沒受傷。」

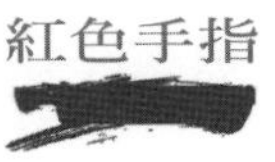

原來情況這麼糟？昭夫不由得心情黯淡。

「目前只找到一個願意收留爸的地方，不過是醫院，而且是精神科。」

「精神科？」

「哥，你大概不知道，爸現在每週會去就診兩次，醫生開的藥似乎滿有效的，最近爸比較少突然發飆了。就是那家醫院，好像肯收。」

這一切，昭夫都是初次耳聞。他再度體認到，原來母親與妹妹壓根沒指望他會幫忙。

「那就去那家醫院住院吧？錢我來出……」

春美立刻搖頭，「那裡只能住短期，長期是沒辦法的。」

「爲什麼？」

「那家醫院允許長期住院的，只限於被認定是無法居家照護的患者。像爸這種程度，他們研判還能夠居家照護。也對啦，實際上媽一人扛了下來，所以我正在考慮去問問其他醫院。」

「算了啦。」政惠說：「到處都碰壁，我已不抱希望。而且你們爸爸爲家人打拚了這麼多年，我還是想讓他待在家裡，親自照顧他。」

「可是，媽，這樣下去，妳會把身體搞垮的。」

「你眞的擔心的話，就幫忙想點辦法啊。」春美瞪著昭夫，「不過我看你也想不出什麼辦法吧。」

「我去問問朋友有沒有其他合適的養護中心……」

春美沒好氣地說，她們早就四處問過了。

想幫忙卻什麼忙也幫不上的日子，一天天過去。春美和政惠或許是死心了吧，不再向昭夫訴苦，他也樂得對她們的辛苦不聞不問。他埋首於工作，一再告訴自己還有其他要緊事得處理，藉以逃避良心的苛責，甚至不再回老家探望了。

就這樣過了幾個月，春美通知他說，章一郎已臥床不起，意識不清，連話都說不清楚了。

「大概來日不多了，你去見爸最後一面吧。」春美的語氣非常冷淡。

昭夫回到老家，看到章一郎躺在後面的房裡，一整天幾乎都在睡，只有政惠幫他換尿布的時候會睜開一下眼睛，即使如此，也不曉得他的意識是否清醒，那雙眼睛似乎什麼都沒在看。

昭夫幫忙換紙尿布，才深切感受到，原來無法自主行動的人，下半身竟如此沉重。

「媽，妳每天都要處理這種事？」他忍不住問道。

「一直都是這麼照顧過來的啊。不過，你爸下不了床之後，不再像先前那樣大吵大鬧，我輕鬆許多。」說著這些話的政惠，感覺比之前更瘦了。

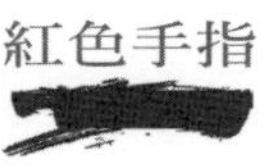

望著眼神空虛的父親，昭夫第一次有了這種念頭——爸，你不能早點死嗎？這個無法宣之於口的願望，在半年後實現了。通知他的依舊是春美。

他帶著八重子和直巳前往老家，直巳似乎看到什麼都覺得新奇。仔細想想，直巳上次回這個家時還在襁褓中，此後就再也沒來過了。即使告訴他「爺爺過世了」，仍不見他顯露一絲悲傷，畢竟根本沒見過幾次面，倒也難怪。

聽說章一郎是半夜離世的，政惠有些遺憾自己沒能見到丈夫生前的最後一面，但她也笑說，就算一直陪在他身邊，可能也會以爲他在睡覺，不會察覺他嚥氣了吧。

八重子始終沒有道歉，這讓春美非常生氣。她對哥哥說，即使只是做個樣子，八重子也應該爲自己沒幫到任何忙，向政惠道歉吧。

「爸死後才出現，未免太奇怪了吧？既然這麼討厭我們家，她就永遠不要上門啊。」

「抱歉，」昭夫道了歉，「我會跟她說的。」

「不必了，沒什麼好說的。反正你也不會開口的啦。」

春美說的沒錯，昭夫只能沉默。

總之，章一郎的死解決了昭夫多年的煩惱。喪事全部結束後，長久以來，他首次嘗到徹底解放的自由滋味。

然而，安心的時間並不長。章一郎死後過了三年左右，政惠受傷了。她在年底掃除時跌倒，跌碎了膝蓋骨。

由於她年事已高，又是複雜性骨折，雖然動了手術，仍無法像跌倒前一樣順利走路，枴杖成了她外出的必需品，她也無法自行上下家中的樓梯。

實在不能讓處於這種狀態的母親獨自生活了，昭夫終於下定決心與母親同住。八重子當然面有難色。「你不是說不會麻煩到我的嗎？」

「只是一起住罷了，不會麻煩到妳的。」

「怎麼可能不麻煩。」

「媽只是腳不方便，生活起居都能自理。妳要是不願意，連煮飯也不必煮媽的份。而且妳想想，要是拋下行動不便的母親孤單一人，不曉得別人會講什麼閒話啊。」

經過再三商量，八重子終於讓步了。她點頭的原因，與其說是被昭夫說服，也許該說是出於某種盤算——這是得到獨門獨院房子的唯一機會。由於經濟持續不景氣，昭夫的薪水多年沒調漲，曾經懷抱的購屋美夢，早已無望。

「就算和你媽住在一起，我也絕對不會改變自己的生活方式。」醜話說在前頭，八重子終於答應搬家。

所以三年前，前原一家三口搬進昭夫的老家，搬進去之前進行了部分改裝。一踏入新裝潢的屋內，八重子滿意地說：「還是大房子住起來舒適啊！」更令人吃驚的是，她竟然

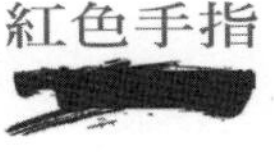

向政惠行了一禮，說道：「日後請多多指教了。」
站在玄關門前應著「彼此彼此」的政惠顯得很高興。拄著枴杖的她，只要一比手畫腳聊起房子的事，繫在枴杖上的鈴鐺也隨之愉快地響起鈴聲。
應該沒問題了吧，一定可以和樂相處——昭夫放心下來。
他心想，所有問題都解決了，再也不會有煩惱了。
然而事情並非如此，入住這一天正是新的苦惱的開始。

4

令人憂鬱的回想中，電車到站了。昭夫被乘客人潮推擠著踏上了月臺。
走下車站樓梯，前方公車候車處已排了數列長長的人龍。他正想排到當中一列的隊尾，驀地停下腳步，因爲他看到一旁的超市前正在特賣葛餅。那是政惠最愛吃的點心。
「歡迎來看看。」年輕的售貨小姐笑容可掬地招呼他。
昭夫伸手進西裝外套內袋想掏錢包時，八重子不悅的神情浮現腦海。他想起自己還沒問清楚家裡究竟起了什麼糾紛，要是帶了政惠愛吃的食物回家，反倒變成火上加油就有得瞧了。
「不了，今天還是算了。」他帶著歉意對售貨小姐說道，離開了攤位。

就在這時，一名男子與他擦身而過。對方年約三十，走近賣葛餅的小姐，開口問：

「不好意思，請問妳有沒有看見一個穿粉紅色運動服的女孩？是七歲的小女生。」

聽到這唐突的問題，昭夫不禁停步回頭，只見男子正拿照片給售貨小姐看。

「她的身高大概這麼高，頭髮長到肩膀。」

售貨小姐想了想，回道：「她是自己一個人嗎？」

「應該是。」

「我沒看到單獨一人的小女孩耶，不好意思。」

男子道了謝，一臉失望地離開攤位，走向超市，大概是打算去問裡面的店員和顧客吧。

昭夫猜想，恐怕是小孩走失了。這個時間七歲的女孩還沒回家，家長當然會擔心得跑來車站一帶找人了。那名男子想必住在這附近。

公車總算來了，昭夫跟著隊伍依序上車。公車內也很擁擠，好不容易抓到一個吊環時，他已將剛才那名男子的事拋在腦後。

在公車上搖晃了十幾分鐘，到站後，昭夫得再步行五分鐘才會到家。這個住宅區處處是單行道，宛如棋盤格線般交錯。泡沫經濟時期，三十坪左右的房子就值一億圓，直到現在他還是很後悔當年沒說服雙親賣掉房子。要是有一億圓，就能送兩老去住有照護服務的

老人專用公寓，剩下的錢拿來付頭期款，搞不好他與八重子夢寐以求的房子便能到手，那樣一來，也不會落到今天這種局面。明知事到如今想再多也沒用，他卻無法不去想。

這幢沒能賣掉的房子，大門口的燈沒打開。昭夫推開生鏽的大門，來到玄關門口，一轉門把，門上了鎖。他一面想著眞難得，一面取出鑰匙，因爲他平常老是叮嚀八重子要留意門戶，但她沒幾次是好好鎖上門的。

屋內一片陰暗，走廊燈也沒開。昭夫心想，到底怎麼回事？家中沒有半點人聲。

他還在脫鞋，一旁的拉門悄悄拉了開來，他嚇了一跳，抬起頭。

緩緩走出來的是八重子，她穿著黑色針織衫搭牛仔褲。她在家很少穿裙子。

「你怎麼這麼慢才回來。」她的話中帶著疲憊。

「我接完妳的電話就離開公司了——」昭夫沒繼續說下去，因爲他發現八重子的臉色很差，雙眼充血，眼睛下方還有黑眼圈，看起來彷彿突然蒼老許多。

「出了什麼事？」

八重子沒有立刻回答，只是嘆了口氣。她抓了抓凌亂的頭髮，想緩和頭痛似地按住額頭，然後指著餐廳說：「在那邊。」

「那邊……？」

八重子打開餐廳的門，裡頭也是一片漆黑。

隱約有一股臭味撲鼻而來，大概是因爲這樣廚房的抽油煙機才開著吧。詢問臭味的成因之前，昭夫摸索著想開燈。

「不要開！」八重子制止。聲音雖然小，語氣卻很嚴厲。昭夫連忙縮回手。

「怎麼了？」

「院子……你去看院子。」

「院子？」

昭夫將公事包往旁邊的椅子上一放，走近面對院子的玻璃落地窗。窗簾緊緊拉上，他膽戰心驚地拉開一看。

這院子只是徒具形式，即使鋪有草皮，也種了幾株植栽，卻僅有兩坪多一點的空間。後院的面積反而比較大，因爲那裡面南。

昭夫凝目細看，發現磚牆前方有一個黑色塑膠袋。他覺得十分奇怪，現在一般家庭都不使用黑色塑膠袋裝垃圾了。

「那個塑膠袋是怎麼回事？」

他一問，八重子便從餐桌上拿起一樣東西，默默遞給他。

那是一支手電筒。

昭夫看著八重子，她移開視線。

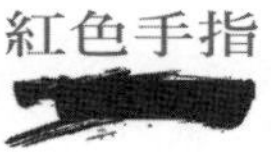

他滿腹疑惑，打開落地窗的月牙鎖，拉開落地窗，打開手電筒。

就著手電筒光線一看，那個黑色塑膠袋好像只是覆在什麼東西上面。他彎腰探看塑膠袋下方。

他看見一隻穿著白襪的小腳，另一腳同樣穿了白襪，還套上小小的運動鞋。

有好幾秒的時間，昭夫的腦中一片空白。不，或許沒有那麼久。總之，他一時無法理解這景象意味著什麼，連那雙看起來像小腳的東西究竟是不是人類的腳，他都無法肯定。

昭夫緩緩回頭，與八重子視線交會。「那是……什麼？」他的話聲沙啞。

八重子舔了舔唇，她的口紅顏色都掉了。「不知道是誰家的……小女孩。」

「不認識的孩子？」

「對。」

「爲什麼會在那裡？」

八重子沒回答，只是垂下視線。

昭夫不得不問出最關鍵的事：「還活著嗎？」

他暗自祈求八重子千萬要點頭，但她面無表情，動也不動。

昭夫感覺到全身倏地變熱，手腳卻像冰一樣冷。「怎麼回事？」

「不知道。我一回來，她就倒在院子裡。我想說不能讓別人看見……」

「就拿塑膠袋蓋住？」

「對。」

「報警了嗎？」

「怎麼能報警！」她回以幾近反抗的眼神。

「可是，人不是死了嗎！」

「所以才……」她咬著脣別開了頭，一臉痛苦地皺起眉。

突然間，昭夫明白了。他明白妻子神色憔悴的原因，也明白她說「不能讓別人看見」的意思。

「直巳呢？」昭夫問：「直巳在哪裡？」

「在他房間裡。」

「叫他下來。」

「他不肯出來。」

昭夫只覺得眼前是一片絕望的黑暗。兒子果然與女童的屍體脫不了關係。

「妳問過他了嗎？」

「在房門外問了一下……」

「爲什麼不進房去問？」

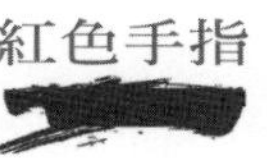

「因爲……」八重子說到一半，抬眼看向昭夫，眼神中滿是哀怨。

「算了。妳是怎麼問的？」

「我問他那個小女孩是怎麼回事……」

「他怎麼說？」

「他說『煩死了，要妳管』。」

很像直巳會說的話，昭夫甚至想像得出直巳的語調，但一想到兒子遇到這種狀況，還是用那種口氣說話，他就百般不願承認那是自己的兒子。

「好冷……可以把落地窗關上嗎？」八重子伸手去拉落地窗，盡可能不看向院子。

「眞的死了嗎？」

八重子沒說話，點了點頭。

「妳確定？不是昏過去而已？」

「好幾個小時了。」

「可是……」

「我也巴不得事情像你想的那樣啊！」她的話聲音像是硬擠出來的，「只是，看一眼就知道了。要是發現的人是你，你也一定當場就曉得了。」

「是什麼樣子？」

「什麼樣子……」八重子按著額頭，當場蹲了下來，「地板這裡有一攤尿，好像是那個小女孩的。她睜著眼……」她再也說不下去，一逕抽泣著。

昭夫終於弄清楚臭味的來源了，那個小女孩八成就死在家裡。

「沒有流血嗎？」

八重子搖搖頭，「我想沒有。」

「真的嗎？就算沒流血，應該會有哪裡受傷吧？像是跌倒撞到頭的傷痕之類的？」

他只希望這是一起意外，但八重子再度搖頭。

「我沒有注意到。不過，大概是……被勒死的。」

心跳宛如陣陣重擊，胸口傳來悶痛。昭夫想嚥口水，口中卻乾澀不已。勒死？是誰幹的……？

「妳怎麼知道是勒死的？」

「就是知道啊……以前就聽說被勒死的人會排尿什麼的……」

昭夫也曉得這一點，多半是在電視上或小說中看到的吧。

手電筒電源一直開著，他關掉手電筒放到餐桌上，直接朝餐廳門口走去。

「你要去哪裡？」

「二樓。」還用問嗎？——他沒把後面這句話說出來。

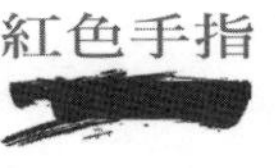

來到走廊，爬上老舊的樓梯。樓梯燈也是熄滅的，但昭夫不想開燈了，只想悄悄躲在黑暗中。此刻昭夫很能理解剛才八重子叫他不要開燈的心情。

上到二樓，左側是直巳的房間，門縫透出燈光。一走近，便聽到房內傳出嘈雜的聲響。昭夫敲了門，沒有回應。他猶豫了一下，把門打開。

直巳盤腿坐在房間中央，還沒完全成熟的身體，手腳異樣地細長。只見他雙手拿著遊戲機搖桿，直盯著前方一公尺的電視螢幕，一副連父親進來都沒發現的樣子。

「喂。」昭夫低頭叫喚就讀國三的兒子。

直巳沒有反應，唯有指尖靈巧地動著。螢幕上以電腦製作出來的逼眞人物不斷在打打殺殺。

「直巳！」

昭夫厲聲喊道，直巳才總算稍微偏過頭，低聲咂了個嘴說：「很煩欸。」

「那個小女孩到底是怎麼回事？」

直巳沒有回答，只是焦躁地動著手指。

「是你下手的嗎？」

直巳的嘴角微微抽搐，「我又不是故意的。」

「廢話，我是問你事情爲什麼會變成那樣？」

「煩死了，我哪知道。」

「你怎麼可能不知道！喂，好好回答！那個小女孩是誰？你是從哪裡把她帶回家的？」

直巳的呼吸變得紊亂，但仍不發一語，只睜大眼，拚命玩他的遊戲，似乎是想逃離棘手的現實。

昭夫就這麼站著，俯視獨生子淺褐色的頭髮。電視喇叭傳出誇張的音效和音樂，夾雜著遊戲角色們的慘叫與咒罵。

好想搶走兒子手中的搖桿，好想關掉電視機的電源，但即使在這種狀況下，昭夫仍不敢動手。因爲之前曾強勢地這麼做，結果直巳發狂般破壞家裡的東西，昭夫使勁想制住他，他反而抓起啤酒瓶揮了過來，酒瓶砸在昭夫的左肩上，之後將近兩週，昭夫的左臂都無法順利抬起。

昭夫望向兒子的床邊，那裡有成堆的ＤＶＤ和漫畫雜誌。封面上的女童臉蛋稚氣，裝束暴露，擺出撩人的姿態。

背後傳來聲響。他回頭一看，只見八重子在走廊上，探頭進來說：「小直，跟爸媽說好不好？求求你。」

八重子的語氣中滿是討好。叫什麼「小直」嘛！昭夫大爲光火。

直巳還是一聲不吭，於是八重子進了房間，在直巳身後坐下，手搭上他的右肩。「求你，告訴媽媽發生什麼事了。遊戲先暫停，好不好？」

她輕搖兒子的肩膀。這一搖，螢幕上頓時出現爆破場面。「啊啊！」直巳大叫，看來是遊戲結束了。

「妳幹什麼！」

「直巳，不准再玩了！你明白發生了什麼事嗎？」昭夫忍不住大吼。

直巳突然將手上的搖桿往床上一扔，撇下嘴角瞪著父親。

「小直，別這樣。老公，你別這麼大聲！」八重子雙手放上直巳的雙肩試圖安撫他，一邊抬頭望向昭夫。

「給我解釋清楚！你以爲事情能夠這樣就算了嗎？」

「煩死了！關我什麼事。」

你難道不會說別的話嗎？——昭夫激動的腦袋浮現這句話。兒子眞是個無可救藥的蠢蛋。

「好，你什麼都不說也沒關係，我們上警署去。」

他的話讓母子倆同時僵住。

八重子睜大了眼，「老公……」

「沒辦法了。」

「開什麼玩笑！」直巳開始抓狂，「爲什麼我非去那種地方不可！我才不去！」他抓起身旁的電視遙控器朝昭夫扔去，昭夫閃開，遙控器撞到牆落下，裡面的電池彈了出來，散落在地上。

「小直！小直，你別激動。拜託，乖乖的。」八重子緊緊按住直巳的手，整個人幾乎抱了上去。「不用去，你不用去警署。」

「妳胡說什麼，怎麼能不去！妳現在這樣哄他也是白搭，反正遲早——」

「你閉嘴！」八重子大吼，「你出去吧！我來問。我會好好問他的。」

「反正我未成年。未成年人幹的事，責任都在你們做父母的身上。不關我的事。」

被母親肉身護著的直巳又吼又叫，瞪著昭夫。那張臉上沒有一絲一毫反省或後悔，完全就是個從小被寵到大的小孩，在他的認知裡，自己永遠沒有錯，一切都是身邊人們的責任。

昭夫明白無論現下再說什麼，直巳都不會對他敞開心扉了。

「好好問清楚。」昭夫只留下這句話，離開了房間。

5

下了樓，昭夫沒有走向餐廳，而是進了與餐廳隔著走廊相望的和室，也就是他剛才回到家時，八重子走出來的那個房間。房間又小又冷清，只有電視、矮桌和一座小碗櫥，卻是他唯一能夠沉澱心情的地方。八重子大概也是試圖在這裡靜下心來吧。

他跪坐在榻榻米上，一手撐著矮桌，心想應該再去看看那具屍體，全身卻像穿了鉛做的盔甲一樣重，連嘆氣都嘆不出來。

沒再聽到直巳的叫喊了，會是八重子的問話一切順利嗎？

她一定又是老樣子，像在討幼童歡心般對兒子說話。直巳從小就脾氣暴躁，因此八重子不知不覺間養成這樣的對應方式。雖然感到不滿，可是昭夫把教養孩子的大部分工作都交給了八重子，也不便多說什麼。

話說回來，究竟發生了什麼事？

其實昭夫心裡並非完全沒底。直巳恐怕幹了什麼，他大致想像得出來。因為兩個月前，八重子告訴他一件事。

她說那天傍晚，買完東西回到家，就看到直巳和鄰居小女孩一起坐在院子通往餐廳的台階上。直巳拿著一杯飲料，正要讓小女孩喝下去，一瞥見八重子，他便把杯裡的飲料往院子一倒，叫小女孩回家。如果只是這樣也還好，問題是後來八重子一檢查，發現家裡的瓶裝日本酒被動過。

她說，直巳會不會是想把小女孩灌醉，猥褻人家呢？

「怎麼可能。」昭夫刻意笑著回道，他想把這件事當笑話聽過就算了。然而八重子的眼神萬分嚴肅，說怕直巳有戀童傾向。

「每當有小朋友經過我們家前面那條路，他都會一直盯著人家看。還有，上次去參加葬禮的時候，直巳不是一直想靠到繪理香身旁嗎？那是個剛上小學的小女生耶，你不覺得奇怪嗎？」

這些事情確實令人感到直巳有些異常，然而昭夫想不出任何對策，不，或許該說他的思考只是持續空轉。突然被告知意想不到的事，他自己也陷入混亂，即使曉得必須設法處理，但更強烈的念頭是，他希望那是誤會。

「總之，只能先觀察一陣子。」這是他思考後的回答。

八重子當然不滿意這個答覆，儘管如此，沉默片刻後，她低聲同意了。

從那天起，昭夫盡可能多留意兒子的行動，不過就他所見，他並不認爲直巳有戀童的情形。當然，他看到的並不是兒子的全貌，因爲他們父子極少碰面，昭夫出門時直巳還在被窩裡；他下班回到家，兒子又躲回房間了。每週只有週六或週日用餐的一小段時間，兩人才會處在同一個空間，然而就算是這種時候，直巳也極力避免看向父親，若是不得不說話，也是能簡短就簡短。

直巳是什麼時候變成那樣的呢？昭夫說不出確切的時間點。小學時代的直巳情緒起伏雖然有些激烈，還是會聽爸媽的話，罵了他也會改。可是不知何時起，昭夫已無法管教他，出言糾正他也毫無反應，要是因此光火而罵他，他就會惱羞成怒，大吵大鬧起來。

於是昭夫刻意減少與兒子接觸的機會，並爲自己找藉口：反正等兒子叛逆期過去就沒事了。

即使在那種情況下，昭夫也沒有積極面對兒子的心態。不僅不覺得獨生子出現行爲偏差，自己有責任盡早規勸，相反地，他還暗自祈求，就算發生什麼問題，也千萬不要讓自己當場目睹或察覺。

此刻昭夫只能發出無謂的嘆息，後悔當初爲什麼沒有想辦法解決。可是，他又能想什麼辦法呢？

木質樓梯發出輕微的聲響，是八重子下樓了，只見她半張著嘴，直盯著昭夫，走進和室。

她坐下後，吁了一口氣，臉上有幾分潮紅。

「問出來了嗎？」昭夫說。

八重子依然側臉對著丈夫，點了點頭。

「他怎麼說？」

她吞了一口唾沫才回答：「他說，掐了脖子。」

昭夫不由得閉上眼。雖然早就料到，他仍懷著萬分之一的僥倖，期待一切只是意外。

「那是誰家的孩子？」

八重子搖搖頭，「他說不知道。」

「那他是從哪裡帶人家回來的？」

「他說只是在路上遇到，那女孩自己跟他回家的。」

「怎麼可能！這種話妳也信？」

「我不相信啊，可是……」八重子沒把話說完。

昭夫握緊拳頭，往矮桌上一捶。

直巳或許是在街上晃蕩，尋找適當的獵物，又或許是一看到他偏好的女童，棲息在心中的魔鬼便醒了過來。可以確定的是，主動接近對方的是直巳。因爲女童的雙親想必會嚴格教導她不可以輕易跟著陌生人走，尤其這年頭兒童案件頻傳，爲人父母的個個都繃緊了神經嚴加防範。

然而昭夫萬萬沒想到，自己的兒子竟然是加害的一方……

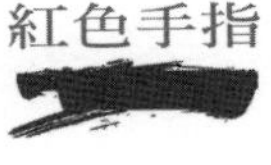

他想像著直巳花言巧語騙取女童信賴的情景。他曉得直巳在面對自己喜歡的人，或是希望對方答應自己無理的要求時，語氣會變得無比溫柔。

「爲什麼掐人家的脖子？」

「直巳說，因爲他想一起玩，小女孩卻不聽話，於是想嚇嚇她，就掐了她的脖子，沒有殺她的意思。」

「玩……？他一個中學生到底想和小女孩玩什麼！」

「這我怎麼知道……」

「妳沒問嗎？」

八重子沒吭聲，側臉的神情彷彿寫著：我怎麼問得出口？

昭夫瞪著妻子，心想也許沒有必要問了。他想起常在電視新聞上聽到的「企圖猥褻女童」這句話，他從未仔細思考過所謂「猥褻」的細節，如今面對這樣的局面，他更不願意去想像。

但他曉得直巳口中的「想嚇嚇她」，應該與事實不符。直巳一定是露出了醜陋的本性，女童試圖抵抗，掙扎吵鬧，爲了制住女童，直巳掐住女童的脖子，而且下手很重，女童沒多久便不再動彈。

「在哪裡下手的？」

「餐廳……」

「在那種地方？」

「他說那時候他們在喝果汁。」

昭夫推測，直巳大概是打算往果汁裡摻酒吧。

「殺了人之後呢？他怎麼處理？」

「因爲小女孩排了尿，他擔心弄髒地板，就把屍體推到院子去了。」

所以餐廳才會有臭味。

「……然後呢？」

「就這樣了。」

「就這樣？」

「他說不知道該怎麼辦，就回房間去了。」

一陣暈眩襲來，昭夫心想，要是就這麼直接昏倒還樂得輕鬆。直巳殺了一個女童，竟然只在意弄髒了地板……

然而他並非完全不明白直巳在想什麼，倒不如說，他對直巳當時的心境瞭若指掌——直巳一定是覺得這下麻煩了，爲了逃避麻煩，他躲回房間。他當然不會去想接下來該怎麼辦，反正只要把小女孩的屍體放在一旁，父母便會幫他善後。

櫥櫃上擺著電話子機，昭夫伸手去拿。

「你要做什麼！」八重子叫道。

「打電話報警。」

「老公……！」她緊緊抓住昭夫拿著電話的手。昭夫甩開她的手。

「沒辦法啊！事情已無法挽回，那女孩不會活過來了！」

「可是……可是……直巳……」八重子不死心，仍緊緊抓住昭夫不讓他打電話，「直巳的將來呢？你打算眼睜睜地看著他背著殺人的罪名過一輩子嗎！」

「還能怎麼樣？他都殺人了！」

「難道葬送他的一生也無所謂嗎？」

「當然有所謂，但妳說還有什麼辦法？若去自首，他還未成年，國家會給他更生的機會，名字也不會被公開。」

「那都是騙人的！」八重子露出嚴峻的眼神，「報紙上或許不會登出姓名，但這件事會一直跟著直巳，我不相信往後他能過正常的生活，一定會很悲慘，他這一輩子都毀了。」

昭夫想反駁妻子：我的人生也很悲慘，此時此刻就毀了。但他連說這句話的力氣都沒有，回頭又打算按下電話按鍵。

「不，不要！」

「面對現實吧！」

八重子撲了過來，昭夫朝她的胸口用力一推。她往後倒，肩膀撞上櫥櫃。

「一切都完了。」昭夫說。

八重子失神地看著丈夫，忽然拉開櫥子抽屜，掏出一樣東西。昭夫發現那是一把尖銳的剪刀，不禁倒抽一口氣。

「妳想幹什麼？」

八重子握緊剪刀，以刀尖抵住自己的喉嚨。「求求你，不要報警。」

「不要做傻事，妳瘋了嗎？」

她仍架著剪刀，猛烈地搖頭說：「我不是在威脅你，我眞的會尋死。與其親手把那孩子交給警察，我不如就這樣死掉，剩下的事全部丟給你。」

「住手！放下剪刀。」

然而八重子咬緊牙關，維持同樣的姿勢。

這簡直就是灑狗血的連續劇嘛——昭夫驀地心想，要不是發生了殺人這麼嚴重的事，搞不好自己還會因妻子太過入戲的態度而笑出來。在這種局面下，他不認爲她還有心情沉醉在扮演悲劇女主角的世界，顯然是至今看過的電視劇或小說，觸發了她做出這樣的舉

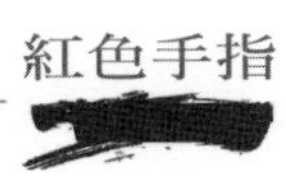

動。

昭夫看不出八重子是否眞的想尋死，就算當下她不是眞心要死，也難保昭夫戳破這點之後她不會惱羞成怒，只怕她會一時衝動就把剪刀往喉嚨刺下去。

「好。我把話筒放下，妳也把剪刀拿開。」

「不要。我一拿開，你就會打電話。」

「我眞的不會打。」昭夫把子機放回原位。

然而不知是否不相信他，八重子仍不願放下剪刀，以懷疑的眼神看著丈夫。昭夫嘆了口氣，盤腿坐到榻榻米上。「那妳有什麼打算？這樣下去，事情是沒辦法解決的。」

八重子沒回答。她應該也明白，現在這樣解決不了任何問題，而且女童的家人應該急得開始四處找孩子了吧。

昭夫想到這裡，腦中忽然浮現車站前那名男子的身影。

「妳記得那個小女孩穿什麼衣服嗎？」昭夫問。

「衣服？」

「是不是粉紅色的運動服？」

「啊，呃……」八重子微微搖了搖頭說：「我不確定那是不是運動服，不過的確是粉紅色的。怎麼了嗎？」

昭夫將手插進頭髮裡猛搔頭，接著把他在車站看到的情景告訴八重子。

「那個人八成是小女孩的爸爸，看他的樣子，應該很快就會去報警。等巡警找來這附近，馬上就會發現，直巳無論如何是逃不掉了。」他繼續咕噥著：「沒想到那個人在找的女孩就在我們家裡，而且變成那副模樣……」

昭夫雖然沒看清那名男子的長相，從男子詢問葛餅販售小姐時的背影，感覺得出他非常著急。女兒一定是他悉心呵護到大的寶貝吧。一想到這裡，滿懷的歉意幾乎要把昭夫壓垮。

八重子雙手握著剪刀，低聲說了些什麼。聲音太小，昭夫沒聽見。

「妳說什麼？」昭夫問。

她抬起頭，回答：「拿去丟。」

「咦……」

「把那個……」她吞了一口唾沫，「……拿出去丟，我會幫忙的。求求你！」說完，她低下頭懇求。

昭夫深深嘆了口氣，「妳是認眞的嗎？」

八重子仍低著頭，一動也不動。看來，除非昭夫答應，否則她是不打算抬起頭了。

昭夫呻吟著，說了句：「太亂來了。」

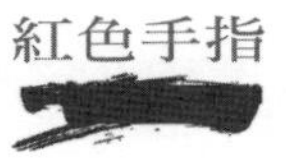

八重子的背微微顫抖，依舊不肯抬頭。

太亂來了……昭夫喃喃低語，然而，他也察覺其實自己一直在等她開口說出這個提議。這念頭盤踞在他的腦海某處，但他一直別過臉，叫自己不要去想。因爲他怕一旦動了念，就會輕易輸給這個誘惑。

這種事是辦不到的，不可能順利的，只會把他們逼入絕境——理性的反駁在他腦海中盤旋。

「反正……」八重子還是低著頭，「反正，我們一家完了。就算送直巳去警署，下半輩子也不會有好日子過，社會必定會要我們爲養出這樣的孩子贖罪。即使我們讓他去自首，也沒有人會原諒我們。我們會失去一切。」

她的語氣像念經般毫無抑揚頓挫，大概是心情混亂到了極點，連情緒都無法順利表達。

不過，昭夫認爲她說的可能是事實。不，恐怕根本就和她預測的一樣。即使叫直巳去自首，夫妻倆也得不到人們絲毫的同情，因爲被殺害的女童是無辜的。

「辦不到吧，又不是說丟就能丟的。」昭夫很清楚，這句話是踏向萬劫不復深淵的第一步。回答「辦不到」和拒絕是不同的。

「爲什麼辦不到？」她問。

「要怎麼搬？走不遠的。」

昭夫有駕照，卻沒有車，主要是因爲這幢老房子沒有停車位，再者，不管八重子怎麼想，昭夫自己從不覺得有買私家車的必要。

「那就找地方藏起來……」

「藏？妳是說藏在家裡？」

「暫時藏一下，之後再慢慢想辦法處理掉……」

八重子的話還沒說完，昭夫就搖頭。「沒用的。行不通的。搞不好有人撞見那個小女孩和直巳走在一起，警察很快就會找來我們家，家裡一定會上上下下都被他們搜過一遍，屆時要是找出屍體，我們根本百口莫辯。」

昭夫再度瞥了櫥櫃上的電話一眼，因爲他察覺他們只是在進行毫無意義的討論。一旦警察找上門，屍體是在哪裡找到的都一樣，他不認爲他們瞞得過警方。

「如果今晚把她搬走，也許還有救。」八重子應道。

「什麼……？」

八重子抬起頭說：「不必搬到多遠的地方，只要讓她離開我們家……弄成是在別的地方被殺的樣子。」

「別的地方？哪裡？」

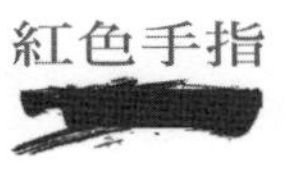

「就是……」八重子答不出來，垂下頭。

這時，昭夫背後傳來細微的衣物摩擦聲響，他嚇了一跳回過頭。

走廊上有道人影閃過，看樣子是政惠起床了，還傳來荒腔走板的哼歌聲，那是一首古老的童謠，但昭夫不知道曲名。傳來廁所門打開的聲響，政惠似乎走了進去。

「幹麼偏偏挑這種時候……」八重子臭著臉嘀咕。

夫妻倆一陣沉默，沒多久便傳來馬桶沖水聲、開關門聲，然後赤腳行走在走廊上的聲響逐漸遠去。

流水聲持續著。後面房間的拉門拉上的同時，八重子站了起來，穿過走廊，打開廁所門。水聲停了。大概是洗手台的水龍頭忘了關吧，政惠總是這樣。

「磅！」的一聲，八重子用力甩上廁所門。昭夫心頭一震。

她倚著牆，就這麼滑下來蹲在走廊上，雙手掩面嘆了口氣。「怎麼會這樣……好想死……」

難道是我的錯嗎！——昭夫一句話到了嘴邊，又吞回去。

他的視線落在褪成紅棕色的舊榻榻米上。他還記得這些榻榻米仍是青綠色的時候。當時他才高中剛畢業，暗自咒罵父親能力不足：老爸拚命工作了一輩子，居然只蓋得起這種房子？

可是……昭夫反觀自己究竟做了些什麼？最後還是回來賴在這幢他曾經瞧不起的小房子，甚至無法建立起一個幸福的家庭。只是這樣也就罷了，他還造成別人家庭的不幸，製造出令人不幸的罪魁禍首。

「搬去公園如何……？」他說。

「公園？」

「就是前面的銀杏公園。」

「把屍體丟去那裡？」

「嗯。」

「直接丟在公園裡？」

「不，」昭夫搖搖頭，「那裡不是有公廁嗎？我想找個馬桶間把她藏進去。」

「藏在廁所……」

「這樣運氣好的話，也許能讓屍體晚一點被發現。」

「也對，好像可行。」八重子爬進和室，瞅著他問：「什麼時候搬？」

「半夜行動，兩點吧……」昭夫看了看櫥櫃上的鐘，現在才剛過八點半。

他從壁櫥裡拉出一個摺扁的紙箱，那是三個月前買烘乾機時外包裝的箱子。電器行人員來家裡裝設時，八重子請他們把紙箱留下，她說拿來收納多餘的坐墊剛剛好。後來一直

沒用到紙箱，當時昭夫作夢也想不到，竟然會在這種情況下派上用場。

他拿著紙箱來到院子，將紙箱組起來之後，擺到蓋著黑色塑膠袋的屍體旁，目測應該放得進去。

昭夫再次把紙箱摺起來，回到屋內。八重子坐在餐桌旁，雙手抱頭，凌亂的頭髮掩住面容。「怎麼樣？」她仍維持那副姿勢。

「嗯……應該放得下。」

「你還沒放進去？」

「時間還早啊。要是在院子裡東弄西弄，被人看見豈不是更糟？」

八重子微微轉頭，似乎是望向時鐘，然後啞著嗓子應道：「也對。」

昭夫覺得喉嚨乾渴，想喝啤酒。不，更烈的酒也可以，眞想喝到微醺，讓自己從此刻的煉獄中解放。但他現在當然不能醉，因爲晚一點還有重大的工作等著他。

他點了菸，抽個不停。「直巳在幹什麼？」

八重子微微搖頭，是表示她不知道吧。

「妳去他房間看一下。」

八重子吐出一口長長的氣才抬起臉，她的眼眶紅通通的。「先讓他靜一靜吧。」

「可是有很多事要問他，我得知道一些詳情才行。」

「要問什麼？」妻子的臉色很難看。

「就是他和那個女孩在一起的時候，有沒有被誰看到，這一類的問題。」

「這種事不急著現在問吧。」

「爲什麼不急？剛才我不是說了嗎？要是被人目擊，馬上就會有人去告訴警察。刑警一上門就會逼問直巳，到時候才著急就太遲了。」

「就算刑警來了，」八重子僵著身子，只有雙眼望向斜下方，「我也不會讓他們見到直巳的。」

「妳以爲妳說了就有用嗎？見不到直巳只會加深警方的懷疑啊。」

「那我就叫直巳說什麼都不知道。只要他堅持不認識那個小女孩，刑警也不能拿我們怎麼辦吧。」

「哪有那麼簡單。假使目擊者很肯定看到的是直巳呢？警察不會那麼輕易就打退堂鼓的。更糟的是，假使直巳和那個小女孩待在一起的時候不光是被目擊，還有人向他打招呼呢？要是直巳應了聲呢？謊話一定會被拆穿。」

「你在那邊一直說假使怎樣怎樣的，根本沒有意義啊！」

「所以我才要他把事情經過仔細說清楚！至少要確定這一路上他有沒有遇到什麼人。」

或許是認爲昭夫的話有道理，八重子沒再吭聲，面無表情地慢慢起身。

「妳要去哪裡？」

「二樓，我去問直巳一路上有沒有遇到熟人。」

「叫他下來講。」

「沒必要吧，他也受到很大的驚嚇啊。」

「所以更應該——」

八重子沒理會昭夫，逕自走出餐廳。趿著拖鞋前行的聲響穿過走廊，但到了樓梯前，腳步聲頓時變小，看樣子是八重子擔心上樓時發出的聲響會刺激到直巳。昭夫忿忿地暗想，到底要小心翼翼地看兒子的臉色到什麼程度她才滿意？

他摁熄了菸，猛地起身去打開冰箱門，拿出罐裝啤酒，站著便喝了起來。

腳邊有個超市購物袋，大概是八重子從超市回來就發現小女孩的屍體，震驚之餘，完全忘記該把買回來的東西放進冰箱吧。

袋子裡有蔬菜和絞肉，看來她又打算做漢堡了，那是直巳最愛吃的。袋裡還有盒裝的現成菜肴，是滷菜。這幾個月來，八重子不曾爲丈夫做菜。

腳步聲響起，餐廳的門開了，八重子走進來。

「怎麼樣？」昭夫問。

「路上沒有遇到任何人。」她坐到椅子上，「所以我告訴他，萬一警察來問話，就說什麼都不知道。」

昭夫「咕嘟咕嘟」地喝下啤酒。「刑警會上門，表示他們不是毫無根據，這時回答什麼都不知道，怎麼可能蒙混過去？」

「即使蒙混不過去，也只能堅持說什麼都不知道啊。」

昭夫哼了一聲，「妳以為他辦得到？」

「辦得到什麼？」

「面對刑警，他有辦法堅持說謊到最後，不被拆穿嗎？刑警可不是一般人，他們見過、也偵訊過無數的殺人凶手，被刑警瞪上一眼，直巳那傢伙一定會馬上嚇得魂飛魄散。他平時那麼霸道、總對我們耍性子，骨子裡其實是個沒種的膽小鬼，妳也心知肚明吧？」

八重子沒回答，似乎是默認了。

「他會變成那樣，都是被妳寵壞的。」

「怪我？」八重子瞪大雙眼。

「誰教妳什麼事都順著他，把他寵得毫無抗壓力！」

「你還敢說！你自己還不是一遇到麻煩就逃避，從來不敢面對！」

「我什麼時候逃避了？」

「逃得可遠了。直巳六年級發生的事，你記得嗎？」

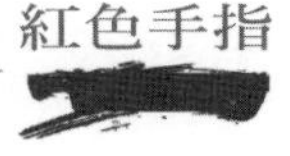

「六年級？」

「看吧，你根本忘了。那時候直巳遭到同學霸凌，你罵他說，身爲男生不能任人欺負，叫他要還手。直巳說不想去上學，你還硬拉著他去。我都叫你不要逼他了。」

「我是爲他好。」

「才不是，你只是在逃避，你那麼做根本解決不了問題。之後直巳依舊不斷被同學欺負，老師警告了那群霸凌別人的學生，直巳才沒再受到皮肉傷，可是直到畢業他都被班上同學排擠，沒人跟他說話，大家都把他當空氣。」

昭夫完全不曉得這件事。確認直巳又乖乖去上學之後，他以爲問題就解決了。「妳爲什麼沒告訴我？」

「是直巳叫我不要說的，我也覺得不說比較好，反正你只會罵他。對你來說，家人只是累贅吧。」

「妳這是什麼話……」

「不是嗎？尤其是那陣子，你不知道迷上哪個狐狸精，根本就把家人丟在一旁。」八重子恨恨地瞪著昭夫。

「幹麼又提那件事……」昭夫嘖了一聲。

「不提就不提，女人的事就算了，我想說的是，你在外面是怎樣我不管，但麻煩你至少要把家裡照顧好。你根本一點都不了解那孩子啊！都說到這個份上了，我就坦白告訴你吧，直到現在，那孩子在學校都是孤伶伶的一個人。小學時代那些欺負他的同學到處去講從前的事，害他上了中學還是沒人肯當他的朋友。你能想像那孩子有多痛苦嗎？」八重子的眼眶又盈滿淚水，除了悲傷，或許她也相當懊惱。

昭夫移開視線，「夠了，別說了。」

「明明是你自己先提起的。」八重子低喃。

昭夫喝乾啤酒，將空罐捏扁。「現在只能祈禱警察不會上門了。萬一警察來了……也許就完了，到時候，我們就把直巳交出去吧。」

「不要。」八重子搖頭，「我死都不要。」

「可是，這是沒辦法的事啊！不然妳說，我們還能怎麼辦？」

八重子倏地挺直背脊，直視前方說：「我去自首。」

「咦？」

「就說人是我殺的，這樣直巳就不會被逮捕了。」

「妳在說什麼傻話……」

「不然你要去自首嗎？」八重子睜大了眼，直盯著丈夫。「你不願意吧？那只好由我去自首了，不是嗎？」

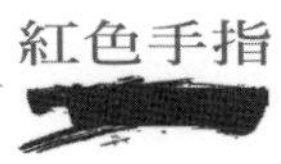

昭夫「嘖」了一聲，胡亂搔著頭。他的頭痛了起來。「我和妳爲什麼要殺害年紀那麼小的女孩？根本沒任何動機啊。」

「動機的話，事後再想就有了。」

「那妳說是什麼時候下手殺人的？事發當時妳去打工了吧？我也在上班，我們都有所謂的不在場證明啊。」

「我打工回來馬上殺了她。」

「沒用的。只要解剖屍體之類的，警方能夠查出很接近的遇害時間。」

「我才不管。反正，我來頂替直巳。」

「妳在說什麼傻話……」昭夫又說了一次，將捏扁的空罐扔進一旁的垃圾筒。

驀地，一個念頭掠過他的腦海。那念頭緊緊抓住他的心好幾秒，揮之不去。

「幹麼？你又想說什麼？」八重子問。

「沒有，沒什麼。」昭夫搖搖頭，試圖甩掉剛才的念頭。他告訴自己再也不准去想，因爲那個念頭太過邪惡，連曾經浮現這個念頭的自己，都讓他感到不寒而慄。

6

半夜一點一過，昭夫關掉電視。之所以開著電視，是擔心新聞節目會播報女童失蹤的消息，但連看了幾個新聞節目，他都沒有看到相關報導。

八重子待在對面的和室。她似乎無法忍受沉重的氣氛，離開餐廳過去坐在和室裡，已兩個多小時。夫妻之間不再對話，因爲每說一句話，只會讓他們更深切體認到自己正處於窮途末路的絕境。

昭夫抽了一根菸，起身關掉餐廳的燈，站到面向院子的落地窗旁，悄悄拉開窗簾觀察外頭的情況。

路燈亮著，但燈光照不到前原家的院子，院子裡一片漆黑。

他靜待眼睛習慣黑暗。不久，隱約看得見攤開在院子裡的黑色塑膠袋了。昭夫戴上手套，打開落地窗的月牙鎖。

他拿著摺扁的紙箱、封箱膠帶以及手電筒，再次來到院子。黑暗中，他組起紙箱，先以封箱膠帶固定底部，接著視線移向黑色塑膠袋。

緊張和恐懼感籠罩他的全身。從黑色塑膠袋露出的只有小女孩的腳尖，他還沒正視過整具屍體。

口中乾渴不已，他只想拔腿逃走。

昭夫並不是沒看過屍體，最近一次看到的是父親的遺體。那具遺體一點也不會讓他感到恐怖或噁心，經醫師確認死亡之後，他還是敢摸父親的臉。

然而，現在他的心情與當時截然不同。不過是見到黑色塑膠袋隆起的部分便雙腿打顫，他沒有勇氣掀開塑膠袋。

原因是屍體狀態不明，他不敢確認。若是病死，斷氣前後的容貌不會有太大的變化，乍看之下甚至無法分辨是死了還是睡著了。可是，出現在這裡的屍體卻是完全不同的狀況。本來在活潑玩耍的小女孩，突然被殺害、被勒死，昭夫不知道這種狀況下的屍體會呈現什麼模樣。

但他害怕的原因不止如此。

若是他報了警，此刻應該不會感到這般恐懼。如果是基於正當的理由，他相信將屍體放入紙箱也不會這麼痛苦。

昭夫發覺自己是因爲正要做的事情太過不道德而害怕不已。去掀開塑膠袋檢視屍體，更是逼他要赤裸裸地面對。

遠遠傳來汽車駛過的聲響，他突然回過神。現在不是發呆的時候，要是被鄰居看到他正在幹的事，那才眞的是人贓俱獲，無從抵賴了。

他心想，乾脆直接拿這個黑色塑膠袋把屍體裹一裹吧，放進公園廁所之後，再閉著眼睛抽走塑膠袋就回來，整個過程都不必看著屍體，這樣他應該辦得到。

但他旋即搖了搖頭。不能沒檢查過屍體就搬出去，因爲他不確定屍體上是否留下什麼痕跡，可能還留著直巳行凶的證據。

他告訴自己：只能豁出去了。無論這有多麼不人道，爲了保護家人，他別無選擇。

昭夫做了個深呼吸，蹲了下來，抓住黑色塑膠袋的邊緣，慢慢掀開。

女童又細又白的腳在黑暗中朦朧浮現，身體小得驚人。七歲——他想起車站前那名男子是這麼說的。直巳爲什麼要找上這麼小的孩子？想到兒子令人費解的行爲，他不禁皺起眉頭。

由於四下太暗看不清楚，他下定決心拿起手電筒，先將燈頭朝著地面，打開了開關，再讓聚光圈一點一點靠近屍體。

女童穿著格子裙，上身是粉紅色運動衫，印有貓咪的圖案，大概是她母親幫她挑的可愛設計吧。此刻，這位母親會是怎樣的心情呢？

昭夫繼續移動光束，女童慘白的臉映入視野邊緣的瞬間，他關掉手電筒。

好半晌，他完全動彈不得，粗重地喘著氣。

女童仰躺著，面朝上方。昭夫沒辦法直視女童，即使如此，女童的面容仍烙印在他眼

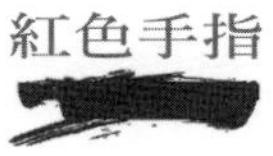

底，他甚至清楚看見那雙大眼睛在微弱照明下反射光線。

昭夫覺得自己沒辦法再進一步檢視這具屍體了。

就他所見，女童身上似乎沒有與直巳直接相關的跡證，於是他決定就這麼把女童放進紙箱，一邊對自己說，要是隨便亂碰，反而會提高留下證據的可能性。雖然他也曉得這只是藉口，但精神上已無法負荷。

他別開臉不去看女童的面容，將雙手伸到女童身體底下使勁一抬，發現女童非常輕，簡直像具人偶。由於排了尿，裙子溼答答的，臭味撲鼻。

要將女童放進紙箱，勢必得稍微彎曲她的手腳。雖然他曾聽說屍體過了一段時間會變得僵硬，但過程還算順利。放進紙箱後，昭夫合掌一拜。

拜完，他發覺有個白色東西掉落腳邊，拿手電筒一照，原來是一只小小的運動鞋。方才他只注意到女童穿著白色襪子，居然沒發現她其實是掉了一只鞋子。眞是好險。

於是他伸手進紙箱，拉出女童沒穿鞋的那隻腳。這運動鞋是將鞋帶往上綁到腳踝固定的款式，在鞋帶沒解開的狀態下很難穿脫，所以他先鬆開鞋帶的結，幫女童穿上鞋後，再繫好鞋帶、牢牢打結。

接下來的問題是，該如何把這個紙箱搬到公園？女童體重雖輕，但裝進紙箱之後不僅難拿，重心也不穩定，況且步行到公園需要將近十分鐘，昭夫當然希望盡量避免在運送途中停下休息。

略加思索後，他想到可以利用腳踏車。他穿過玄關回屋內，拿了腳踏車鑰匙再走出門外。腳踏車就停在房子旁邊，平常都是八重子出門採買用的。

昭夫悄悄打開大門，確定路上沒人才走出去。

他解開了腳踏車鎖，將車子牽到玄關門口停好，然後走進玄關回院子準備搬紙箱，卻嚇了一大跳。

有個人站在紙箱旁邊。嚇掉半條命的昭夫差點叫出聲。

「妳在做什麼？」他板起臉悄聲問道。因爲他馬上就認出那人是誰了。

那是政惠，一身睡衣杵在那裡，似乎對紙箱不感興趣，一逕望著斜上方。

昭夫抓住母親的手臂，「幹麼半夜跑出來……」

然而政惠沒有回答，彷彿沒聽見他的聲音，望著夜空的視線像是在尋找著什麼。四下很暗，昭夫看不清此刻她是什麼表情。

「天氣眞好。」她終於出聲，「這樣就能去遠足了。」

昭夫好想當場蹲下。母親悠哉的口吻更是刺激著他緊繃的神經，讓他覺得疲累不堪，甚至對無辜的母親心懷怨恨。

他一手拉著母親，一手推她的背，催促她回屋內。政惠拄著枴杖，痴呆的她明明行爲舉止退化到像個孩童，外出時卻常常要拿枴杖才肯出門。雖然令人感到不可思議，但據過來人說，正常人是無法理解痴呆老人的想法的。

枴杖上繫著一個鈴鐺，政惠拄著枴杖移動時，鈴鐺就會發出叮鈴鈴的聲響。昭夫一家搬來時，鈴聲彷彿也愉快地迎接他們的到來。然而，現在昭夫只覺鈴聲刺耳。

「進屋裡去吧，外面很冷。」

「明天會是好天氣嗎？」政惠偏頭問。

「會的，放心吧。」

昭夫暗忖，母親的心智大概是退化到小學時期了，在她腦中，明天是快樂的遠足，所以會擔心天氣，忍不住就跑到外面來看狀況。

他讓政惠從玄關進屋後，看著她將枴杖收進鞋櫃，乖乖地前進。她是赤腳走下院子，所以現在腳底黑黑的。昭夫凝望她拖著一條腿穿過走廊的身影。

政惠的房間位在昏暗細長走廊的最深處，這樣才能讓政惠與八重子的接觸次數減到最少。

昭夫搓了搓臉，覺得自己的腦袋也快出問題了。

一旁的拉門打開，八重子露出臉，她皺著眉頭問：「怎麼了？」

「沒事，是媽。」

「啊？……她又幹了什麼好事？」八重子毫不掩飾內心的厭惡。

「沒什麼。好了，我出門去了。」

八重子點點頭，神情僵硬。「當心點。」

「我會的。」昭夫轉身打開玄關門。

回到院子，他望著紙箱嘆了口氣。他實在無法接受此刻箱裡正裝著屍體，而且自己馬上就要搬著紙箱去棄屍。他相信這絕對是人生中最悽慘的一夜。

他闔上箱蓋，抬了起來，由於不好施力，果然感覺格外沉重。他抱著箱子來到玄關門外，將箱子放上腳踏車後座。後座很小，紙箱不好固定，當然，要騎上車行動是不可能的。於是昭夫一手握住腳踏車把手，一手按壓著紙箱，慢慢向前走。身後的路燈光線，在路上畫出長長的一道人影。

應該是將近半夜兩點了，昏暗的路上不見行人，但還有幾戶人家窗戶透出燈光。昭夫慎重地前進，小心不發出聲響。

這個時間沒有公車，不太需要擔心會有人從公車行駛的大馬路走來，唯一要留意的是汽車。正因電車與公車都已收班，計程車駛進這狹小住宅區的可能性更高了。

他才剛提醒自己留意，前方就有車燈靠近。他連忙閃進一旁的民家私有巷子躲了起來。由於這條巷子是單行道，不必擔心車子會開進來。沒多久，一輛黑色計程車開了過

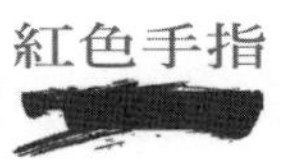

去。

昭夫再度朝公園前進，短短十分鐘的步行距離，感覺卻是怎麼也走不到。

銀杏公園位於他們住宅區的正中央，只是一座在廣場周圍種了銀杏樹的簡樸公園。公園內雖然設有長椅，卻沒有遮風避雨的亭子，因此也不見據地爲家的遊民。

他推著腳踏車，繞到設置在公園角落的公廁後面。不知是不是下了一早上的雨的關係，地面有點軟。看來廁所內沒開燈。

他抱起紙箱，一邊留意四周動靜一邊走近廁所，猶豫了一下要進女廁還是男廁，最後選擇了後者。爲了把狀況布置得像是變態下的手，他認爲男廁比較恰當。

男廁裡臭氣熏天，令人忍不住想掩鼻。昭夫盡可能憋著氣，將紙箱搬了進去。他打開帶來的手電筒，再打開唯一的馬桶間的門，裡面髒臭不堪，他不禁覺得女童屍體被丟棄在這種地方太可憐，但事到如今當然已無法回頭。

昭夫將手電筒銜在嘴裡，打開紙箱，將女童屍體搬進廁所，讓她盡量遠離馬桶、靠牆而坐。不過他的手一放開，女童的身體便倒了下來。

銜在嘴裡的手電筒差點掉下來，因爲他看見女童背上沾滿草屑。不用說，那是來自前原家院子的草皮。

這些草屑會成爲證據嗎……？

科學鑑識他不懂，但他相信經過分析，極有可能判別出草皮的種類、生長在什麼環境，這麼一來，警方勢必會徹底調查附近住家的院子草皮。

昭夫拚命拍掉草屑。女童的裙子和頭髮上也沾到了，不過拍著拍著，他發現光是拍掉沾在她身上的草屑是沒有意義的，這個現場不能留下任何一點前原家的草屑。

絕望之中，他著手撿拾被撢到地上的草屑，丟進馬桶。他也撥開檢查女童的頭髮，此刻已由不得他害怕。

最後，他按下馬桶沖水手把，想將沾滿一馬桶的草屑沖走，卻沒有出水。他不斷地按，還是一滴水也沒有。

他走出馬桶間，試著轉開洗手台的水龍頭，細細一道水流出。他脫掉手套，以雙手接水，蓄水到一定程度便小心地走到馬桶間，以這一捧水沖馬桶，然而這麼少的水沖不走所有的草屑。

他只好以雙手代替容器，不斷捧水在洗手台與馬桶間之間來回。他不禁暗想：我到底在幹什麼？要是有人看見這一幕，一定會衝去報警。可是現況不容許他恐懼，豁出一切的自暴自棄心態讓他大膽了起來。

好不容易沖掉草屑，昭夫拿著空紙箱走出廁所，回到腳踏車旁，摺起紙箱，本來想直接丟掉，又怕扔在外頭會成爲關鍵證據，於是他把紙箱摺成可單手拿的大小，跨上腳踏

車。

正當他要使力踩踏板時，驀地想起一件事。他望向地上，發現潮溼的泥土地留下淺淺的輪胎痕。

好險——他下了腳踏車，以鞋底抹去輪胎痕。當然，他也當心不要留下腳印。然後他抬起腳踏車，搬到不會留下輪胎痕的地方，再度跨上車。

他踩下踏板，此時他已滿身大汗，襯衫溼得緊貼背上，甚至感到一絲涼意。額頭的汗水流進眼睛，痛得昭夫皺起了眉。

7

回到家，昭夫面臨的第一個問題就是該怎麼處置紙箱。箱子裡沾染了女童排泄物的臭味，又不能拿去外頭丟棄。雖然可在院子裡燒掉，但三更半夜生火，恐怕真的會有人去報警。

昭夫來到院子，剛才的黑色塑膠袋依舊扔在地上。昭夫心想，八重子真是夠了，連這點東西都不會幫忙收嗎？他撿起塑膠袋，將摺起的紙箱塞進袋裡，進到屋內。

來到走廊深處，他悄悄拉開政惠的房門，裡頭一片漆黑。政惠在被窩裡，應該睡著了吧。

他打開壁櫥最上方的櫃子，東西收在這裡就不必擔心政惠會自行拿出來了。他將裝著紙箱的黑色塑膠袋塞進去，悄悄關上櫃門。政惠依舊睡得很熟。

昭夫走出母親的房間，發現自己全身發臭，是搬運女童時染上的臭味。他進浴室脫掉衣服，全部丟進洗衣機，順便沖了澡。然而，無論以肥皂再怎麼搓洗，他還是感覺聞得到異味。

他回臥房換好衣服後，又來到餐廳。餐桌上擺著玻璃杯和罐裝啤酒，八重子在超市買的現成菜肴也一一裝盤，看樣子都微波加熱過了。

「這是在幹麼？」昭夫問。

「我想你一定累了，而且，你應該什麼都沒吃吧？」

所以這是八重子表達慰勞之意的方式了。

「我沒食慾。」他邊說邊打開罐裝啤酒。就讓我喝醉吧——但不管喝得多醉，他心知今晚恐怕是睡不著了……

廚房傳來切菜聲。

「妳在做什麼？」

八重子沒回答。昭夫起身去廚房探看，發現流理台上放著一個盛有絞肉的沙拉碗。

「都幾點了，妳還在弄什麼？」他又問了一次。

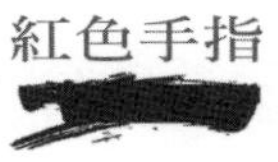

「肚子餓了啊。」

「肚子餓？」

「剛才直巳下樓了，所以我……」八重子支吾著帶過話。

昭夫感到自己的臉頰在抽搐。「是他說肚子餓了吧？做出那種事，讓父母幫忙擦屁股，還敢說……」他深吸一口氣，搖搖頭，朝餐廳門口走去。

「等等，別去！」八重子在身後喊著：「這又不能怪他！他還在發育，從中午到現在卻什麼都沒吃，當然會餓啊。」

「我可是一點食慾都沒有！」

「我也一樣啊。可是，直巳還是個孩子，不明白事情有多嚴重。」

「所以我要去告訴他事情的嚴重性。」

「那也不必挑現在吧。」八重子近前抓住昭夫的手臂，「等事情告一段落再說，好不好？那孩子也受了很大的驚嚇，他不是毫無自覺，才會一直撐到剛剛都不敢說肚子餓呀。」

「他沒說，是不想被我叨念。看我出了門，才逮住機會跟妳要求。他要是眞心在反省，爲什麼不下樓？爲什麼要躲在房間裡？」

「孩子都怕被爸爸罵啊。總之你今晚先忍一忍，事後我會好好說他的。」

「妳說的他就會聽嗎？」

「也許不會，但你現在去罵他也沒用吧？責備他又不能解決任何問題。我們現在該想的是怎麼保護直巳，不是嗎？」

「妳滿腦子就只想著要保護他嗎？」

「不行嗎？我早就決定不管發生什麼事，都要當直巳的後盾。無論他做了什麼，我都會挺身保護他，就算他殺了人也一樣。拜託你，今晚讓他靜一靜。拜託，求求你！」八重子淚流滿面，瞪得大大的眼睛布滿血絲。

看到妻子那副模樣，昭夫心頭的怒氣消了，取而代之的是無盡的空虛。「放開我。」

「不要，我一放開你就會……」

「我叫妳放開。我不會上二樓。」

八重子訝異地半張著嘴，「眞的嗎？」

「眞的。隨便妳要幫他做漢堡還是什麼都好，我不管了。」昭夫甩開八重子的手，坐回餐桌旁，一口氣喝光杯裡剩下的啤酒。

八重子神情恍惚地進了廚房，繼續切菜。看著專心一意切菜的妻子，昭夫心想，或許她會忙著做菜，是因爲得做點事情才能避免自己發狂吧。

「妳自己的份也一併做吧。」他說：「都開伙了，妳多少吃一點。」

「我不用了。」

「妳得吃。因爲我們不曉得下次能夠好好吃頓飯是什麼時候。我也要吃，就算硬塞也得吃下去。」

八重子走出廚房來到餐桌旁，「老公……」

「明天有得忙的，先儲備體力吧。」

妻子認眞地看著他點了點頭。

8

清晨五點十分，窗外終於逐漸變亮。

昭夫待在餐廳。窗簾是拉上的，但從縫隙透進來的陽光正一分一秒地增強。

餐桌上擺著吃剩的漢堡，杯裡的啤酒也剩了一半，但他已沒心情吃。八重子也一樣，整晚只吃了三分之一個漢堡就再也吃不下，說是不太舒服，現下在和室躺著休息。只有直巳把東西吃個精光，剛才八重子才幫他把空盤收下來。對於這件事，昭夫已沒力氣說教，滿腦子都想著該怎麼度過今天。

玄關門口傳來聲響，有東西丟進信箱，大概是早報吧。

昭夫很快起身又再坐下，他想到這麼早出去拿報紙，萬一被人看見反而麻煩。今天是星期六，昭夫幾乎不曾在星期六的大清早出門，他不希望做出不同於平日的舉動，引起別人懷疑。再說，今天的早報根本派不上用場，他們關心的那則新聞，最快也要晚報才有可能登出來。

餐廳門「嘰」的一聲開了，昭夫嚇了一跳回頭看，進來的是八重子。「怎麼了嗎？」她一臉訝異。

「沒事……那扇門會發出那種聲響啊？」

「門？」八重子稍稍動了動餐廳門，每一動就發出細微的聲響。「哦，這個啊。很久以前就是這樣了。」

「是嗎？我都沒發現。」

「一年多了。」說完，八重子低頭看著餐桌上的碗盤：「你不吃了？」

「不吃了，收掉吧。」

望著她將碗盤端進廚房，昭夫的視線再次回到那扇門上。他從未留意過家裡的門窗；家裡是什麼情形，他完全不了解。

昭夫環視屋內。明明是從小住慣了的家，他卻覺得一切彷彿都是初次看見。他的視線停在面朝院子的落地窗前方，因爲他發現有一條抹布扔在地板上。

「是在這裡下手的吧。」昭夫說。

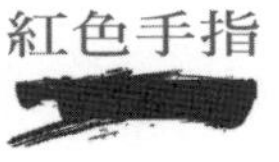

「咦，什麼？」八重子從廚房探出頭。她似乎洗碗洗到一半，袖子是捲起來的。

「妳說那個小女孩是在這裡被殺的吧？」

「對……」

「妳是用那條抹布擦地板的嗎？」昭夫朝落地窗下方努了努下巴。

「糟糕，得處理掉才行。」八重子拿了超市袋子，捏起抹布放進去。

「混在其他垃圾裡丟掉，別讓人看出來。」

「我知道。」八重子進了廚房，接著傳來打開廚餘垃圾桶的聲響。

昭夫注視著方才抹布所在的那塊地板，想像著女童屍體躺在那裡的情景。「喂。」他再次叫喚八重子。

「又怎麼了？」她皺著眉，一臉不耐煩地來到餐廳。

「妳說那個小女孩進了我們家？」

「對。所以啊，不是直巴硬拉她進來的，那個小女孩自己也有點責任……」

「她進屋了怎麼還穿著鞋？」

「鞋？」

「那個小女孩一腳穿著鞋。不，應該說有一腳的鞋子掉了。要是她進來過，還穿著鞋不是很奇怪嗎？」

八重子似乎一時不明白他想問什麼，視線不安地游移，半晌後才恍然大悟般點點頭，回答：「你說那雙運動鞋啊，是我幫她穿上去的。」

「妳幫她穿上去？」

「她的鞋子本來擺在玄關。我想著放在那裡不妥，就幫她穿上去了。」

「爲什麼只穿一只鞋？」

「因爲我沒想到穿一只鞋得花那麼多時間。在那邊東摸西摸，要是被人看見就糟了，於是我把另一只鞋子藏到塑膠袋底下。老公，你該不會沒發現吧？」八重子瞪大了眼。

「發現了，所以我幫她穿上去了。」

「那就好。」

「眞的是這樣嗎？」昭夫抬眼看著八重子。

「什麼意思？」

「不是她死亡的時候就只有一腳穿著鞋子吧？是不是直巳把人家硬拉進家裡，拉扯中弄掉了一只鞋？」

八重子一聽，不滿地揚起眉。「這種事我幹麼說謊？眞的是我幫她穿上去的啊。」

「那就好……」昭夫移開視線。仔細想想，其實追究爲什麼小女孩只有一腳穿了鞋子，根本於事無補。

「老公，」八重子喚道：「春美那邊怎麼辦？」

「春美？」

「昨天不是叫她不用過來嗎？今天怎麼辦？」

昭夫皺起眉頭。他忘了還有這件事。「那我告訴她今天也不用來。就說是星期六，偶爾也由我來照顧一下。」

「她不會起疑嗎？」

「有什麼好起疑的？春美什麼都不知道。」

「也對……」

八重子回廚房去泡咖啡，大概是不做點事很難熬吧。昭夫心想，遇到這種時候，自己根本無事可做。家裡的事他向來都交由八重子處理，此時也想不出該做什麼。他從沒做過菜，也沒打掃過家裡，所以什麼東西收在哪裡，他完全不知道。之前有一次八重子不在家，他必須趕去參加守靈儀式，卻連一條黑領帶都找不到。

他想著，還是去拿報紙進來吧。一站起身，遠處便傳來警車的鳴笛聲。昭夫僵硬地望向妻子，拿著咖啡杯的八重子也僵在原地。

「來了……」他喃喃低語。

「這麼快啊……」八重子啞聲應道。

「直巳在做什麼？」

「不知道。」

「在睡嗎？」

「我就說了不知道嘛。不然我去看一下？」

「不用了。先不用。」

昭夫拿起黑咖啡直接喝下，沒加奶精或糖。他心想，反正睡不著，至少要讓腦袋清醒一點。然而，一想到在這種狀況下不知要撐到何時，他就覺得眼前一片黑暗。就算警方從屍體上找不到任何線索，也不會輕易放棄調查吧。近來重案的破案率雖然下滑，警方的辦案能力並沒有變差。

「妳最好多少睡一下。」

「你不睡嗎？要去公園看看嗎？」

「去了豈不是自掘墳墓？」

「那……」

「我在餐廳再待一會，睏了就去睡。」

「是嘛。唉，其實我也睡不著……」八重子說完，起身打開餐廳門，離開前又回頭對丈夫說：「你該不會有什麼怪念頭吧？」

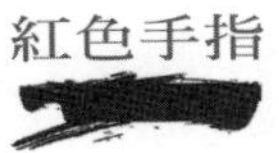

「怪念頭？」

「不要又打算去報警什麼的……」

昭夫「喔」了一聲，點點頭。「我沒這麼想。」

「眞的？我可以相信你吧？」

「事到如今，妳要我怎麼跟警察說？」

「也對，那我先去休息了。」八重子嘆了口氣，走出餐廳。

9

趕往現場的計程車內，松宮難掩緊張。自從被分發到搜查一課，這是他第二次正式參與命案搜查，而且上次那起主婦命案的搜查過程中，他只是跟在前輩後頭行動，沒有實際參與辦案的成就感，因此這次他卯足了勁，決心要做出點成績來。

「被害者是孩童，我最怕這種案子。」鄰座的坂上一副厭煩不已的語氣。

「面對這種案子眞的很難受，孩童的父母一定也很震驚。」

「也是啦，但我指的是工作方面。其實，這種案子非常難辦。被害者若是成人，在釐清被害者的人際關係的過程中，有時候動機和嫌犯就會浮上檯面。可是，孩童哪來的人際關係？除非是眾所周知的變態鄰居下的手，那樣倒是很容易破案。」

「這麼說來，這次是隨機犯案？」

「不好說，也可能是早就被凶手盯上。現在能夠確定的是，凶手是個腦筋不正常的傢伙。只不過，腦筋不正常從外表很難看出來。如果是成人遇到瘋子靠近，還會有所警覺，可是孩童哪有辦法？有人裝出和藹可親的模樣來搭訕，孩童兩三下就會被騙走。」

坂上約三十四、五歲，在搜查一課工作已超過十年。他會這麼說，大概是之前負責過類似的案件吧。

「是練馬警署的轄區啊……他們最近剛換署長，一定很急著立功吧。」坂上喃喃說著，哼了一聲。

一聽到練馬署，松宮不禁悄悄深呼吸。讓他神經緊繃的，不單是即將著手辦案的壓力，本案發生在練馬署轄區內，這一點也讓他一直靜不下心。因為練馬署刑事課，有一名與他關係深厚的人物。

他想起隆正那泛黃的臉龐。前幾天他才去探望過舅舅，如今事情竟朝這個方向發展，他不得不相信冥冥中有股看不見的力量在運作。

計程車駛入住宅區，外觀相似的住宅一幢幢規畫得整整齊齊，沿著宛如以尺畫出的筆直道路成排聳立。可以想見，這裡的居民生活水準多半屬於中上程度。

前方圍著一群人，還停了好幾輛警車，再前方有制服員警正在指揮車輛繞道而行。

「到這裡就好。」坂上對司機說。

松宮和坂上下了計程車，撥開看熱鬧的人群前進。向負責封鎖現場的員警打了聲招呼後，兩人便踏進封鎖線內。

松宮已聽說發現屍體的現場是社區公園內的公廁，只不過還不確定這銀杏公園是否就是殺人現場。換句話說，一開始他們得到的消息是發生了棄屍案，但由於屍體有明顯的他殺痕跡，極有可能是凶殺案。

與銀杏公園相接的路口全被封鎖。松宮和坂上朝公園走去，在入口附近就看到熟面孔，是資深主任小林，卻沒看到組長石垣。

「主任動作好快啊。」坂上對小林說。

「我也剛到，還沒去看裡面。剛剛才聽轄區員警報告完大致的狀況。」小林右手挾著菸，左手握著攜帶型菸灰缸。松宮所屬的搜查五組最近有好幾個人戒了菸，小林卻是個連戒菸話題都不想聽到的大菸槍。

「發現屍體的是誰？」坂上問。

「據說是住在附近的老爺爺。一大早來公園抽菸是他的樂趣，也不知道這算健康還是不健康。因爲老人家頻尿，老爺爺進去公廁，發現馬桶間的門半開，好奇地探頭一看，就看到小女孩的屍體被丟棄在裡面。眞是難爲老爺爺了，一大早目睹這種情景，希望不會嚇得他少了好幾年壽命才好。」小林一向說話刻薄。

「查出死者的身分了嗎？」坂上進一步問道。

「轄區警署那邊應該正在請家長認屍。聽鑑識人員說，被害者死了大約十小時。機動搜查隊和轄區警力都出動了，可是凶手不太可能還躲在附近。」

聽著小林說話，松宮朝公園內部望去。鞦韆、溜滑梯等常見的遊樂設施設在公園外圈，中央是一處可供民眾打躲避球的小廣場。鑑識人員正在植株中翻找著什麼。

「先別進公園。」大概是察覺松宮的視線，小林對他說：「聽說是在找證物。」

「凶器嗎？」松宮問。

「不是，凶手應該沒用到凶器，是這個。」小林挾著菸的手比出掐自己脖子的動作。

「那是在找什麼？」

「塑膠袋或紙箱之類的東西，就是裝屍體用的。」

「主任的意思是，第一現場並不是這裡，屍體是從別處搬來的？」

小林微微點頭，神情沒有絲毫改變。「八成是這樣吧。」

「把小女孩帶進廁所試圖猥褻，小女孩一吵鬧便殺了她……有沒有可能是這種模式呢？」

一旁的坂上吁了一口氣，說道：「在隨時可能有人進來的公廁猥褻女童，我想就算是

變態也不會傻到這麼做吧。」

「可是，若是在半夜的話……」

「你覺得孩童會一個人半夜在外頭亂晃嗎？如果是更早就被綁架，一般會把肉票帶到更保險的地方。」

松宮覺得不無道理，於是沉默了下來。看來小林和坂上聽完案件概要後，便曉得這裡不是第一現場了。

「喔，轄區警署的人來了。」小林吐著煙，朝松宮兩人身後努了努下巴。

松宮回頭一看，一名穿灰西裝的男子朝他們走來，可能是頭髮整齊分邊的關係，男子看起來不太像刑警，比較像是認真古板的上班族。

男子自我介紹姓牧村，是轄區警署的刑警。

「被害者的身分查出來了嗎？」小林問牧村。

牧村的眉間擠出皺紋，「看樣子是錯不了。女童的母親目前的精神狀態無法應訊，父親則表示只要能夠幫助破案，他隨時配合。」

「聽說他們昨晚就報警協尋了？」

「是的，昨晚八點多那對夫妻來練馬署報案。他們住在公車道的另一頭，父親是上班族。」牧村翻開筆記本，「小女孩名叫春日井優菜，春天的春，星期日的日，井水的井，優雅的優，蔬菜的菜。」

松宮取出自己的筆記本，記下「春日井優菜」。

牧村還交代了女童雙親的名字，父親叫春日井忠彥，母親叫奈津子。「被害者是就讀小學二年級的學生，學校距離這座公園走路約十分鐘。昨天下午四點左右，被害者放學後便回家了，後來趁母親沒注意時外出，就失去了行蹤。家長報警後，我們以現有警力爲中心，在她的住家、學校周邊到車站的範圍內尋找，但沒找到人。不過有目擊情報指出，下午五點左右，公車道旁的冰淇淋店有個年紀與被害者相仿的小女孩買過冰淇淋。遺憾的是，店員看了優菜小妹妹的照片，無法斷定是否爲同一人。」

「冰淇淋啊。」小林喃喃低語。

「店員說那個小女孩買了一支冰淇淋，當時她身邊並無同伴。」

「是想吃冰淇淋才從家裡跑出來嗎……」小林兀自嘟囔著。

「有可能。據說她是個很有行動力的小女孩，經常一個人到處跑。」

小林點點頭，接著向牧村確認：「小女孩的父親可以接受問話嗎？」

「我們借了町內的集會所，請他在那裡等我們的通知。剛才向您報告的內容，都是方才在集會所向他問出來的。您現在要過去見他嗎？」

「組長還沒來呢，不過我想先和孩子父親談談……你們也一起來。」小林對松宮和坂

上說。

一發生命案，轄區警署的刑警和機動搜查隊的搜查員會先進行初步調查，與死者家屬面談也是其中一環。然而一旦搜查一課接手，又得重新再問一次。因此同樣的問話，家屬必須回答好幾次。上次的命案調查過程中，在這一點上松宮也感到非常無奈，相當同情家屬。此刻想到又要重複那令人憂鬱的過程，他的心情不由得沉重許多。

牧村帶他們前往的集會所位於雙層公寓的一樓，據說是住在附近的屋主以極低的租金提供給社區的，看樣子屋齡已超過二十年，外牆都有裂痕了。或許屋主認為與其沒人承租空在那裡，租給町裡還比較划算。

門一打開，便傳出一股淡淡的霉味。進門就是和室，一名穿淺藍毛衣的男子盤腿坐在榻榻米上，一手摀著臉，頭垂得低低的。他不可能沒察覺有人進來，卻像石頭般動也不動。松宮明白，他是悲慟得無法動彈。

「春日井先生。」

聽到牧村叫喚，春日井忠彥總算抬起頭。他的臉頰蒼白，眼眶凹陷，髮際線有些後退的前額泛著油光。

「這幾位是警視廳搜查一課的刑警。很抱歉，能請您把詳細經過再向他們說一次嗎？」

春日井空虛的目光轉向松宮一行人，眼周還有淚痕。「當然可以，要我說幾次都可以……」

「眞的非常抱歉。」小林行了一禮，「爲了及早逮捕凶手，我們希望盡可能直接向家屬詢問詳情。」

「要從哪裡說起呢？」想必是強忍著悲痛，春日井的話聲宛如呻吟。

「聽說您報警協尋是在昨晚八點左右，那麼您們是什麼時候發現令嫒不見的？」

「我太太說是六點左右，因爲她在準備晚餐，完全沒注意到優菜出門了。下班回家途中我接到她的電話，說優菜跑出去了，可能是去車站那邊，要我到車站時留意一下。因爲去年也發生過一次，優菜一個人跑來車站接我，當時我告訴她這樣很危險，叮囑她千萬不可以單獨外出亂跑，後來就沒再發生了……」

從這裡走到車站也要將近三十分鐘。那應該是年幼的女兒爲了給父親驚喜所做的小小冒險吧，松宮心想，小朋友很可能會這麼做。

「昨晚剛發現令嫒不見時，您太太並沒有很擔心嗎？」小林問道。

春日井搖了搖頭，「不，我太太當然很擔心，我也很慌，但考慮到要是她跑去車站找優菜，優菜卻剛好回家會進不了家門，所以她遲遲不敢出門。」

聽著這番話，松宮得知春日井家的成員只有三人。

「我到家是六點半左右，發現優菜還是沒回家，開始覺得不對勁，於是我和我太太把

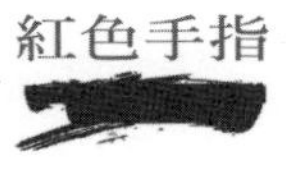

家門鑰匙寄放在鄰居家，跑去所有想得到的地方找優菜，也拿著照片在車站前到處問人，還有附近的公園、小學……這公園我也來查看過，可是沒想到……竟會在那間廁所……」春日井一副痛苦不堪的神情，聲音都發不出來了。

松宮實在不忍心看著他這副模樣，於是埋頭做筆記，然而，寫在筆記本上的內容，只是讓他再次體認到整起案件是多麼令人痛心。

松宮正要翻頁，聽到細微的聲響，他抬起頭。

那是宛如風吹過縫隙的咻咻聲，似乎是從一扇緊閉的拉門後方傳出來的。

其他刑警也注意到了，和松宮一同望向那扇拉門。

於是，春日井悄聲說：「是我太太。」

松宮不禁「咦」了一聲。

「我請您太太到裡面的房間休息。」牧村靜靜說道。

又傳來「咻——」的一聲。確實，那是人類發出的聲音。她在哭——松宮終於聽出來了，然而她連聲音都發不出來，嗓子嘶啞，即使哭喊也只是發出漏風般的氣音。

咻，咻——

一時之間，刑警們全都沉默下來。松宮拚了命才忍住想奪門而出的衝動。

10

剛過上午十點，前原家的門鈴響了，昭夫恰好在廁所，一聽到鈴響，連忙洗手打算走出廁所，就聽到八重子接起對講機應答。對講機裝設在餐廳牆上。

「……是的。可是，我們什麼都不知道。」八重子說完，對方似乎說了什麼，短暫沉默之後，她又說：「……呃，好的。」

昭夫來到餐廳，八重子正好將聽筒掛回去。「來了。」

「什麼來了？」

「警察啊。」八重子的眼周蒙上一層陰影，「還用問嗎？」

聽到她這句話，昭夫劇烈鼓動的心跳更是變本加厲。他發現自己體溫似乎升高，背脊卻竄過一陣惡寒。

「爲什麼會找上我們家？」

「我怎麼知道。反正你快點出去，不然別人會起疑心。」

昭夫點點頭，朝玄關走去，反覆做了好幾次深呼吸。即使如此，急促的心跳始終慢不下來。

他並不是沒料到警察會上門。直巳殺害女童前究竟做了什麼，昭夫一無所知。也許有

人目擊到那一幕了。昭夫暗自決定，無論如何都要應付過去，事已至此，無法回頭了。

然而，即使已下定決心，此刻警察真的找上門來，恐懼與不安還是讓昭夫幾乎站不穩。面對辦案專家，他完全不曉得外行人的謊言能夠欺瞞警方到什麼程度，而且老實說，他根本沒把握應付得過去。

開門之前，昭夫閉上眼，努力調勻呼吸。外表或許看不出他的心跳有多劇烈，但如果呼吸明顯紊亂，警察必定會起疑。

不會有事的——他告訴自己，就算警察來了，也不一定是事跡敗露，警方或許只是在命案現場附近進行地毯式訪查罷了。

昭夫舔了舔嘴脣，乾咳一聲，推開玄關門。

低矮的欄杆大門外，站著一名穿深色西裝的男子，個頭很高，看上去約三十四、五歲，由於皮膚曬得很黑，襯得他那輪廓深刻的五官更立體了。男子望向昭夫，輕輕點頭，打了個招呼。

「抱歉，週末前來打擾。」男子爽朗地說：「請問，現在方便嗎？」他指了指大門。

男子似乎是在問，方不方便讓他進這道門。「請進。」昭夫答道。

男子打開大門，穿過短短的通道來到玄關門口，接著取出警察手冊。

他自我介紹是練馬署的刑警，姓加賀。男子的遣詞用字十分親和，沒有一般刑警給人的壓迫感，卻莫名有種令人難以接近的氣質。

對面住戶的玄關門口也站著一名西裝男子，正在與女主人談話。那名男子應該也是刑警吧？換句話說，有大批員警在這一帶打聽消息。

「發生什麼事了嗎？」昭夫問。他研判還是得先裝作不知道出了事，否則要是被追問從何得知的，反而答不上來。

「請問您知道銀杏公園嗎？」加賀問。

「知道啊。」

「其實，今天早晨在那裡發現了一名女童的遺體。」

昭夫「喔」了一聲。或許該裝出有些吃驚的樣子，但他實在顧不得那麼細微的演技，他也曉得自己此刻面無表情。「難怪今天一早就聽到警車的鳴笛聲。」

「大清早就吵到您，眞是抱歉。」刑警低頭行了一禮。

「哪裡……請問是哪家的孩子呢？」

「四丁目一戶人家的千金。」加賀從懷裡拿出一張照片，遞到昭夫的眼前，約莫是警方通常不主動公開被害者姓名吧。「就是這個小女孩。」

看到那張照片，昭夫一瞬間呼吸不過來，他知道自己全身的寒毛都豎起來了。

照片上是有著一雙大眼睛的可愛小女孩，照片似乎是在冬天拍的，小女孩圍著圍巾，

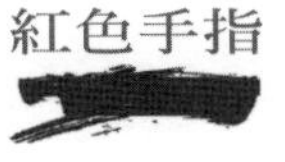

綁得高高的馬尾裝飾著毛線飾品，盈盈笑臉滿溢著幸福。

昭夫實在不敢相信，這個小女孩就是昨晚自己親手裝進紙箱搬運、丟棄在又髒又暗的公廁的那具屍體。仔細想想，其實他沒有認真端詳過屍體的面容。

這麼可愛的孩子……想到這裡，昭夫幾乎腿軟，他好想蹲下來放聲大喊，好想立刻奔上二樓，把那個不願面對現實、關在自己建立的空虛陰暗世界裡的兒子，交給這些刑警。當然，他也很想償還自己的罪。

然而，他沒有這麼做。他奮力撐住虛脫的雙腿，拚命不讓自己露出痛苦的表情。

「不知道您是否見過她呢？」加賀問。他的嘴角雖然流露笑意，但定睛注視著昭夫的眼神卻令人發毛。

「唔……」昭夫偏頭，「這個年紀的小女孩，在我們這一帶經常看到，不過我不會細看人家的長相，所以不是很確定。而且通常這些小女孩出沒的時間帶，我都不在家……」

「那個時間您都還在公司上班吧？」

「是啊。」

「那麼，我想向您的家人請教一下。」

「家人……」

「現下他們都不在家嗎？」

「在是在……」

「不好意思，請問哪位在家呢？」

「我太太在。」他決定不提政惠和直巳。

「那麼，方便向您太太請教一下嗎？不會占用太多時間。」

「是沒什麼關係……那麼，請稍等。」

昭夫轉身進屋，先關起玄關門，接著粗重地吐出長長一口氣。

八重子坐在餐廳，看著丈夫的眼神中流露不安與恐懼。

昭夫一說出刑警的要求，她便一臉厭惡地搖頭。「我才不要見刑警。老公，你想想辦法嘛。」

「刑警說要問妳。」

「你隨便想個藉口推掉就好了啊，像是現在不方便什麼的。反正我不要去啦。」八重子說著站起來，走出餐廳。

「喂！」昭夫叫喚，她卻悶不吭聲地上樓，大概是想躲進寢室吧。

昭夫只能搖頭。搓了搓臉之後，他再度走向玄關。

一開門，刑警就衝著他露出客氣的笑容。

昭夫看著刑警說：「我太太現在不太方便。」

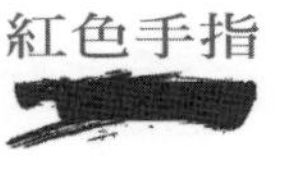

「噢，是這樣啊。」刑警顯得有些意外，「眞的很抱歉，那不知道是否方便拿這個請您太太看一下呢？」他將那張女童照片遞給昭夫。

「呃，好……」昭夫接過照片，「只要問她有沒有見過這個小女孩就可以了吧？」

「是的，麻煩您了。」加賀語帶歉意，又行了一禮。

關上門後，昭夫上了二樓。

直巳的房間悄然無聲，看來在這種狀況下，他也不敢再玩電動了。

昭夫打開對面的房門，這裡是他們夫婦的寢室。八重子坐在化妝台前，但當然不是在化妝。

「刑警走了？」

「還沒，他要我讓妳看看這個。」昭夫把照片遞到她的面前。

八重子立刻移開眼，「警察幹麼跑來我們家？」

「我哪知道。看樣子是挨家挨戶詢問這一帶的住家，大概是在蒐集目擊情報吧。」

「你跟刑警說我沒看到就好。」

「我當然只能這麼說。可是，妳好歹看一下吧！」

「爲什麼？」

「妳得牢牢記住我們做了多麼殘忍的事。」

「做都做了，你還講這些幹什麼……」八重子仍沒看他。

「妳看就是了！」

「不要，我不想看。」

昭夫嘆了口氣。八重子也知道看了女童天使般的笑容，自己恐怕會當場崩潰吧。

他轉身走出寢室，想打開對面的門，但門上了鎖。這扇門本來是沒有鎖的，是直巳自行加裝門栓式的鎖。

「老公，你幹什麼！」八重子衝過來抓住他的肩膀。

「給直巳也看一看照片。」

「給他看又有什麼用！」

「我要他反省，讓他知道自己做了什麼事。」

「直巳在深深反省，所以才把自己關在房間裡啊！你何必這麼做！」

「妳錯了，他只是在逃避，只是不願意面對現實。」

「就算是逃避……」八重子哭喪著臉拚命搖晃昭夫，「你先讓他冷靜一陣子不行嗎？等一切結束……等順利瞞過警察之後，再好好和他談不就得了？何必挑這種時候去折磨那孩子？你這樣還算是他的父親嗎？」

看到妻子流下的淚，昭夫的手離開門把，無力地搖了搖頭。

妻子說的沒錯，現在最重要的是先度過眼前的危機。

可是，度得過嗎？跟犯下愚蠢錯誤的兒子好好面對面深談的那一天，眞的會來臨嗎……

他回到門口，將照片還給刑警，當然也加上了「我太太說她沒看過」這句話。

「是嘛。不好意思，給您添麻煩了。」加賀將照片收進懷裡。

「沒事了吧？」昭夫說。

「沒有了。」加賀點點頭回答，視線突然掃向一旁的院子。昭夫心頭一驚，問道：「又怎麼了嗎？」

「不好意思，問這個可能有點奇怪……」以這句話開頭，加賀接著問：「請問府上的草皮是什麼種類？」

「草皮？」昭夫不由得提高嗓音。

「您曉得嗎？」

「不曉得……這塊草皮以前就在了，應該是很久以前鋪上的。這房子本來是我父母的。」

「這樣啊。」

「請問……草皮怎麼了嗎？」

「沒什麼，請別放在心上。」刑警露出笑容，搖搖手。「最後再請教您一個問題，昨天一整天到今天早上，府上曾有空無一人的時段嗎？」

「昨天到今天早上……？嗯，應該沒有。」

昭夫正想反問刑警爲何這麼問，面朝院子的餐廳落地窗突然「喀啦」一聲打開。昭夫驚訝地回頭，只見政惠走了出來。

加賀似乎也很吃驚，問道：「這位是……？」

「是家母。啊，不過她沒辦法回答問題，因爲這裡不行了，」昭夫指指自己的頭，「所以剛才我沒提起。」

政惠嘴裡念念有詞，蹲下身子對著一排盆栽東看西瞧。

昭夫忍不住跑上前，「妳在幹麼？」

「手套——」她喃喃地說。

「手套？」

「沒戴手套會挨罵。」

政惠背對昭夫，蹲在盆栽前窸窸窣窣地不知在幹什麼，一會後站了起來，轉身面向昭夫，手上居然戴著髒兮兮的手套。看到那雙手套，昭夫頓時感到一陣冰凍似的寒意竄過全身。那手套正是他昨晚使用的那一雙。現在回想起來，他發現自己根本不記得處理完屍體

之後把手套放到哪裡去了，顯然是無意識地扔到了一旁。

「叔叔，這樣就可以了吧？」政惠走近加賀，攤開雙掌湊到加賀面前。

「啊，妳在做什麼！——刑警先生，真是不好意思——好了、好了，進屋裡玩，要下雨了。」昭夫像在哄孩子般說。

政惠抬頭望向天空，似乎相信了昭夫的說法，默默穿過院子進餐廳去了。

昭夫關上落地窗後，朝加賀瞥了一眼。加賀也是一臉訝異。

「就像那樣，」昭夫搔著頭走回門口，「所以我想家母是幫不上忙的。」

「真是辛苦您了。您是選擇居家照護？」

「是啊……」昭夫點點頭，「不好意思，您問完了嗎？」

「問完了，謝謝您抽空配合。」

昭夫目送刑警打開大門走出去，直到看不見他的身影之後，才望向院子。

一想到那時沾在女童身上的草屑，他只覺得喘不過氣。

11

這起命案的專案小組設於練馬警署。當天下午兩點過後，召開第一次聯合搜查會議。

松宮很在意坐在斜前方的人物。上次見到這個人，已是十年前的事。那緊實的側臉和從前一模一樣，修習劍道多年鍛鍊出來的體格也沒變，背脊依舊挺得筆直。

自從被指派參與這起案子，松宮就曉得遲早會見到他，卻想像不出碰面時對方會有什麼反應。他應該知道松宮當上了警察，但是否曉得松宮目前任職於警視廳搜查一課，松宮就不確定了。

這個人比松宮早就座，松宮又是坐後面，所以對方可能還沒注意到他在場。

搜查會議依照一般程序進行。被害者的死亡時間推估是前一天的下午五點到九點之間，行凶手法是扼殺，沒有其他外傷。

屍體的胃中發現了冰淇淋，因此單獨到冰淇淋店的女童很可能就是被害者，換句話說，死亡時間的範圍又縮小了。

據附近居民說，銀杏公園周遭常有路邊停車的狀況，大多是商用車，而且都是習慣暫停公園旁的車輛。至於案發當天深夜的停車情形，目前並沒有目擊者。

公園現場沒找到任何可能是凶手留下的物品，不過鑑識人員發現有一特別之處，那就是屍體的衣物上沾附些許草屑，種類是韓國草，生長狀態不佳，似乎出自未經整理修剪的草皮。除了韓國草，還找到白花三葉草的葉片，也就是俗稱的幸運草。鑑識人員認爲這應該是草皮上長出的雜草。

春日井一家住的是公寓，當然沒有庭院。春日井優菜常去的公園雖有草地，但那是結

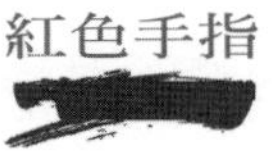

縷草，與屍體上的草屑分屬不同種類。至於銀杏公園，則沒有鋪設草皮。

鑑識人員還發現一個耐人尋味的疑點——春日井優菜的襪子上也驗出些許韓國草。而她的屍體被發現時，腳上穿著運動鞋。

儘管可能是她遇害前穿著襪子踩過庭院或公園的草地，又或是曾在草地上跌倒甩掉了鞋，但所有搜查員一致認爲，穿越草地時通常不會特意脫掉運動鞋。況且昨天整個上午都在下雨，戶外的草地是溼的，若是赤腳踩上去還有可能，按照常理應該不會想穿著襪子踩進溼草地。更何況，春日井優菜穿的鞋款必須將鞋帶往上綁到腳踝處固定，絕對不可能是鞋子意外鬆脫。換句話說，她會躺在草皮上，極可能不是出於自願。

因此，最合理的推論是，春日井優菜遇害之後，被扔在某處草皮上。如此一來，棄置地點就不會是容易被人撞見的公共場所的草地，應該是鋪有草皮的私人住宅庭院。

由於這些調查結果稍早便已出爐，機動搜查隊與練馬署的搜查員早就前往公園現場周邊尋訪種有韓國草的地點，但這種草可說是日本最熱門的草皮植草，爲自家院子選擇種植韓國草的居民多不勝數。若凶手犯案後是開車搬運棄屍，有嫌疑的地區更是大幅增加，因此目前這一點還說不上是有效線索。

接下來是報告尋找公園現場周邊私人庭院的結果。最先起立報告的，便是松宮一直頗爲在意的人物，松宮不禁心頭一驚。

「我是練馬署的加賀。」這號人物報上姓名之後，開始報告：「從一丁目到七丁目之間，庭院鋪有草皮的住家共二十四戶，其中鋪韓國草的共十三戶，由於庭院草皮種類是直接口頭詢問居民，正確度有待查證。其餘的十一戶則不知草皮品種。此外，讓所有住戶看過被害者照片的結果，有三戶認得被害者，但他們最近都不曾在住家附近看見她。」

聽著加賀的報告，松宮心想，加賀一定是接獲通報便著手調查了。

還有其他搜查員也在現場周邊走訪調查，在加賀之後一一起立報告，不過現階段並未發現有力的線索。

搜查一課課長宣布完接下來的偵辦方針，會議就結束了。現階段仍無法斷定凶手是事前盯上被害者，還是隨機選上她當獵物，但無論前者或後者，警方目前傾向認爲凶手是開車綁架。儘管屍體遭遺棄在被害者住家附近，不代表凶手就是附近居民，這很可能是凶手爲誤導警方所使出的障眼法。只不過，選擇銀杏公園這座不甚知名的公園作爲棄屍地點，表示凶手應該對這一帶有一定程度的了解，這一點是負責本案的搜查員一致的看法。

會後，石垣組長把兩名主任叫過去討論，還向練馬署的幾名搜查員交代了幾句，當中包括加賀。松宮很想知道他們究竟說了些什麼。

討論結束，小林主任走向松宮與坂上。

「我們被分配到調查現場周邊的工作，除了必定詢問的目擊情報，還要調查這一帶最

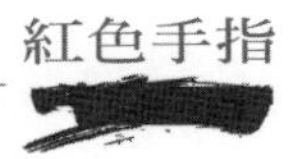

近有沒有幼童受到傷害或騷擾，另外就是要特別注意院子裡有草皮的住家。鑑識課那邊可以幫忙分析草屑和土壤，只要覺得可疑的住家，盡可能採樣回來。」小林主任分派部下的工作，松宮也被派去走訪調查。

「你和加賀刑警一組。」小林主任對松宮說道。

松宮一聽，登時「咦」了一聲。

「你應該也曉得，加賀是非常優秀的刑警，我和他共事過幾次。雖然可能不是很好相處，但這次你跟著他行動就是了，對你來說，一定會是寶貴的經驗。」

「可是……」

「怎麼？」小林主任的黑眼珠一轉，瞪了過來。

松宮搖搖頭說「沒事」，背後突然有人朝他說了聲：「請多指教。」回頭一看，加賀直視著他，眼神似乎別有含意。

「請多指教。」松宮應聲。

散會後，松宮再次面對加賀，開口：「好久不見。」

「嗯。」加賀只短短應了聲，便問：「你吃過午飯了嗎？」

「還沒。」

「那一起去吃飯吧，我知道一個好地方。」

兩人並肩走出警署，加賀打算前往的地點似乎位於車站前的商店街。

「比較習慣了嗎？」加賀邊走邊問。

「還好。」松宮說：「前陣子我負責世田谷的主婦命案，學到不少東西，也比較習慣刑案了。」

這是松宮一點小小的虛榮，因爲他絕對不想被這個人視爲菜鳥。

加賀帶著淺笑，吁了一口氣。

「人是習慣不了案件的，負責命案時更是如此。要是能看得慣死者家屬哭泣的樣子，這個人的人格恐怕有問題。我想問的是，你習慣刑警這個身分了嗎？因爲穿著制服時，四周的人看你的眼光是不同的。」

「這我知道。」

「那就好。反正，這種事時間久了就會習慣。」

加賀帶松宮到一家稍微偏離站前大馬路的定食店，店內共有四張桌位，兩張桌位坐滿了人。加賀選了靠近店門的位子，坐下之前，朝穿圍裙的女店員輕輕點頭致意，看來他是這家店的常客。

「這家店的餐點每一樣都很好吃，招牌是烤雞定食。」

松宮點點頭，看著菜單點了紅燒魚定食。加賀則是點了薑燒豬肉便當。

「今天早上一接到通報，我就在想，應該會見到恭哥。」

「這樣啊。」

「看到我在署裡，你肯定嚇了一跳吧。」

「不會啊，剛才看到你，我只覺得『喔，你也在啊』而已。」

「你知道現下我任職搜查一課？」

「嗯。」

「聽舅舅說的？」

「不是，在轄區警署也會得知搜查一課的消息。」

「是喔。」

加賀待過搜查一課，可能是當時的人脈還有聯繫吧。

「沒想到會和恭哥同組，是你跟我們主任說了什麼嗎？」

「沒有。你不想和我一組嗎？」

「我不是那個意思，只是有點好奇罷了。」

「如果不想和我一組，由我去向小林先生協調也可以。」

「就說我不是那個意思嘛！」松宮不由得大聲了起來。

加賀的手肘拄著桌面，望著一旁說：「轄區刑警一切聽命於搜查一課的指示，所以我們同組只是巧合，你不必多心。」

「當然，我才沒有多心，我只是聽從組長和主任的命令行動而已。我也打算把恭哥單純地當轄區的一員看待。」

「那是自然。這樣不就好了嗎？」加賀乾脆地回道。

飯菜送上來了，看起來的確可口，分量十足，營養似乎也相當均衡。松宮心想，對一直是單身的加賀來說，這家店應該很可貴吧。

「姑姑一切都好嗎？」加賀一邊動筷一邊問。

聽到加賀突然以親戚的口吻問起話來，松宮感到不知所措。見松宮沒應聲，加賀一臉疑惑地望向他。

松宮覺得刻意撇清關係未免太孩子氣，於是點點頭說：「託你的福，我媽嘴上還是一樣不饒人。對了，很久以前她就吩咐我，遇到你要替她問候一聲。不過那時我就告訴她，不知道什麼時候才遇得到你。」

「是嘛。」加賀點點頭。

松宮在一片沉默中動筷，種種思緒浮現腦海，吞下肚的大半食物都食不知味。

早一步用完餐的加賀拿出手機按著按鍵，但很快便停下手，應該不是在傳簡訊。

「前幾天，我剛去看過舅舅。」松宮說完，觀察著加賀的反應。

加賀將手機收進懷裡，才將視線移向松宮，漠不關心地說：「是嗎？」

松宮放下筷子。「你還是去探望一下吧。舅舅的狀況不太好，老實說，他剩下的日子不多了。雖然他在我面前總是裝出很有精神的樣子。」

加賀無意回應，兀自端起杯子喝茶。

「恭哥……」

「別閒聊了，快吃吧，這麼好吃的菜要是涼了多可惜，況且我們還有許多細節得先討論才行。」

明明就是你先問我家務事的——松宮暗自埋怨，再度動筷。

用完餐沒多久，松宮的手機響了，是小林主任打來的。

「鑑識課那邊有新發現。死者的衣服上沾有白色顆粒，聽說查出是什麼了。」

「白色顆粒……？是什麼呢？」

「保麗龍。」

「保麗龍？」松宮不明白這條線索有何意義。

「包裝家電製品的時候不是常會用保麗龍當襯墊嗎？鑑識課研判可能就是那一類的保麗龍。」

「意思是……？」

「紙箱。」小林立刻回道：「凶手是把屍體放進紙箱搬運的，而那個紙箱裡有殘餘的保麗龍，附著在死者身上。」

「原來如此。」

「我現在要去調查銀杏公園周邊，但凶手很可能在棄屍後將紙箱帶走，再找個地方丟掉；如果凶手住在附近，也有可能直接帶回家。你們針對民宅的草皮進行採樣時，順便留意有沒有大型紙箱丟在屋外。據鑑識人員說，上頭應該沾有被害者的排泄物，相當臭，凶手應該不會帶進屋裡。」

「我知道了。」松宮掛了電話。

加賀的目光中帶著疑惑，松宮將方才的對話轉述了一遍，還補上一句：「不過，我們可能又要做白工了吧。」

加賀挑起了眉，「怎麼說？」

「如果我是凶手，才不會把紙箱帶回家，就算住在附近也一樣，我會開車到遠處找個地方丟掉。一般人都會這麼做吧。」

加賀並未表示贊同，只是若有所思地拄著臉頰，凝視著手機螢幕。

12

八重子臉色一沉，原本取暖似地握著茶杯的雙手貼上餐桌桌面。

「老公，事到如今為什麼……你不要開玩笑好嗎？」

「我是認真的。死心吧，讓警察把直巳帶走。」

八重子直盯著丈夫，搖頭說：「你居然講出這種話……」

「沒別的辦法了啊。我剛才提過，警方似乎在調查草皮，要是查出那些草屑來自我們家，根本無法抵賴。」

「又還沒確定已露餡，刑警也沒說屍體的衣物上沾有草屑啊。」

「用不著刑警開口，就是這麼回事，不然刑警為什麼要問我們家草皮的種類？一定是那個小女孩身上沾到草屑，錯不了。」

「可是，你不是把她衣服上的草屑都拍掉了嗎？還扔進馬桶沖走……」

「所以我不是講過好幾遍嗎？只要看到的草屑我都弄掉了，可是當時那麼暗，我不敢確定是不是完全清乾淨了，難保沒有留下一、兩根草屑啊。」

「你既然知道，為什麼不全部清掉……」八重子皺起眉，悔恨交加地咬著唇。

「妳還要我怎樣？妳知道當時我有多辛苦嗎？不能被人看到，又不能不趕快處理完。

妳想像一下衣服上沾滿草屑是怎麼回事，四周那麼暗，誰能夠保證清得一乾二淨？還是，在我發現沾有草屑的當下，就應該馬上把屍體搬回來嗎？」

昭夫曉得爲這種事爭執根本毫無意義，卻無法控制自己，語氣愈來愈凶。一方面是因爲再度想起處理屍體時的身心煎熬，另一方面是爲了掩飾他棄屍時的逃避行爲，明知非得把草屑清乾淨不可，他卻一心想及早脫離痛苦，下意識地倉促了事。

八重子雙肘撐在餐桌上，手按住額頭。「那到底該怎麼辦……」

「所以我就說沒有辦法了，只能叫直巳去自首。雖然這麼一來，我們會成爲共犯，但這是無可奈何的事，是我們自作自受。」

「你眞的無所謂嗎？」

「我也不想，可是眞的沒辦法了啊。」

「沒辦法、沒辦法，拜託你不要這麼消極好不好！」八重子抬頭瞪著丈夫，「你知道嗎？這關係到直巳的一輩子耶！不是偷竊或傷人，是殺人……而且是殺了年紀那麼小的孩子，直巳的一輩子都會被這件事毀了，這樣你還說得出你『沒辦法』？我不這麼想，我一定會堅持到底！」

「那妳說該怎麼辦？有什麼辦法？要是警察問到草皮的事怎麼辦？」

「反正……就說不知道。」

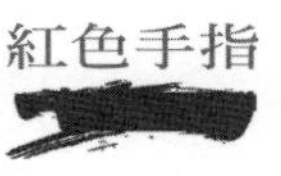

昭夫嘆了口氣，「妳以為這樣刑警就會相信？」

「可是……就算確定草屑是我們家的，又不能證明人就是直巳殺的，也有可能是那個小女孩趁我們不注意的時候溜進院子啊。」

「刑警連我們當天在不在家都問過了，要是推說不知道有人進院子，一定會被追問怎麼可能沒發現。」

「就是會有沒發現的時候嘛，誰會一直盯著院子。」

「警察會相信這種鬼話嗎？」

「相不相信，不試試看怎麼知道！」八重子愈講愈大聲。

「妳這樣只是無謂的掙扎。」

「我才不在乎，只要能夠保護直巳，不讓警察帶走他，要我做什麼都可以。可是你呢？早早就放棄，根本一點都沒為他著想！」

「我想過了，結論就是只有自首一途啊。」

「才不是，你根本想都沒想！你滿腦子只想逃避現在的痛苦，你一定是覺得只要叫直巳去自首，自己就能鬆一口氣了，對吧？之後的事你根本無所謂！」

「不是那樣！」

「那你幹麼一直嫌我出的主意？你要嫌，就提出更好的辦法啊！提不出來就不要多嘴。不用你說我也知道警察沒那麼好騙，但我還是會盡我所能保護直巳！」

面對八重子的責備，昭夫根本無法招架。

這時，忽然傳來奇異的歌聲，是政惠在哼歌。那歌聲似乎益發刺激了八重子的神經，只見她抓起手邊的牙籤罐就扔出去，細細的牙籤散了一地。

昭夫開口：「我想說的是，與其扯一些騙不了人的謊，被戳破之後遭逮捕，不如看開點，趕緊去自首，也才能早日重返社會。直巳未成年，姓名不會被公開，我們只要搬去遠方，別人就不會知道他的過去了。」

「什麼重返社會！」八重子語帶不屑：「事情到了這個地步還在講好聽話。你以為姓名不公開，就不會有傳聞了嗎？搬家也沒用，殺害小女孩的罪行，會一輩子跟著直巳，誰會接納這種殺人犯？你自己呢？你能夠平等對待這樣的人嗎？我就辦不到，沒人辦得到。要是現在被抓，直巳的人生就完了，我們的人生也完了。你還不明白嗎？你的腦袋壞掉了嗎？」

這下昭夫真的無話可說了。

他明白八重子所說的才是現實。在昨天以前，他一直是支持廢除《少年法》的，認為無論是成人或少年，犯了罪就該付出對等的代價。尤其如果犯的是殺人這種重罪，就該處以死刑。因為他不相信殺過人的人能夠更生，也很不滿現行法律讓這些人在服刑之後重回社會。八重子說的沒錯，要他毫無偏見地對待殺過人的人，即使那是少年時代犯下的罪，他也沒那麼大的度量，而且他向來認爲沒必要寬容以待。

「幹麼不吭聲？你說話啊……」八重子嗚咽著質問。

政惠的歌聲持續著，簡直像是在誦經。

「半吊子是行不通的。」昭夫幽幽地吐出一句。

「什麼半吊子？」

「撒謊撒一半是行不通的。要騙人，就要騙得徹底。警察已盯上我們家的草皮，接下來一定會懷疑到直巳的頭上。要是刑警不停逼問，直巳能夠堅持到底嗎？」

「話是這麼說，可是又能怎麼辦？」

昭夫閉上眼，痛苦得幾乎反胃。

早在得知命案發生的那一刻起，從他下定決心處理屍體的那一刻起，他就有個主意，那是能讓直巳逃離法律制裁的辦法，但他一直要自己將這個想法逐出腦海，一方面是他認爲只有喪盡天良的人才幹得出這種事，更大的原因是，他很清楚一旦接受這個想法的誘惑，就再也無法回頭。

「你說啊……」八重子催促。

「等下次刑警上門……謊話再也編不下去的時候……」昭夫說著，潤了潤嘴脣。

「怎麼辦？」
「就……自首。」
「老公！」八重子的眼神變得嚴峻，「我剛才不是說了——」
「聽我說完，」昭夫做了一個深呼吸，「不是妳想的那樣。」

13

大門的門牌上寫著「山田」。松宮摁下門鈴，對講機傳出男人的聲音：「喂？」
松宮湊近對講機說：「我們是警察，方便打擾一下嗎？有點事情想麻煩您。」
「喔，好的……」對方似乎十分疑惑。
玄關門很快地打開，一名禿頭男人神情不安地探出頭，接著走下短短的台階，來到松宮他們所在的大門口。
「今天早上打擾了，感謝您的協助。」在松宮身旁的加賀開口。
「還有什麼事嗎？」男主人不悅地望向兩人。
「請問，府上的院子鋪有草皮吧？」松宮說。
「是啊。」
「我們想採集一些府上的草，不知道方不方便？」

「啊？我們家的草？」

「是。我想您應該聽說了，有個小女孩遇害，被棄屍在銀杏公園，搜查上需要採集草皮的樣本，目前我們正在請這一帶的每一戶幫忙。」

「爲什麼要採草啊……」

「不好意思，因爲需要比對……」

「比對？」男主人臉色一沉。

「並不是針對山田先生府上的院子。」加賀插嘴說明：「我們必須調查這整個町內的草皮，所以才到處拜託大家。如果您不同意，我們當然不勉強。」

「呃，也不是不同意……警方……不會在懷疑我們家吧？」

「當然不是。」加賀露出笑容，「週末前來打擾，眞的很抱歉。一下子就好了，您現在方便嗎？採樣過程我們會小心，只要一點點就可以了，不會傷到草皮。」

「嗯，好吧。院子在這邊。」男主人總算答應，讓松宮他們進到院子裡。

松宮和加賀挨家挨戶拜訪院子鋪有草皮的住家，採集草皮和院子的泥土。當然，每戶人家都沒給兩人好臉色看，很多人尖銳地質問該不是在懷疑他們家吧。

「這樣辦事未免太沒效率了吧。」走出山田家之後，松宮說道。

「會嗎？」

「每到一戶人家就要從頭說明一遍，太麻煩了。要是專案小姐先派人打電話通知各戶人家說警方要去採樣，我們作業起來應該會快得多。」

「原來如此，你的意思是，分開執行說明和採樣的工作嗎？」

「恭哥不認爲這樣比較快嗎？」

「不認爲。」

「爲什麼？」

「效率反而會變差。」

「怎麼會？」

「搜查並不是事務性的工作，包括對民眾說明原由，也不是機械性地進行就好，因爲說明的對象可能就是凶手。很多時候，在談話過程中觀察對方的反應，便能掌握一些線索，透過電話沒辦法觀察到這種細節。」

「會嗎？從話聲不是也聽得出一些細微的反應？」

「那假設聽得出來好了，然後採用你的提案。負責打電話向民眾說明原由的搜查員覺得對方的應對不太自然的時候，必須將細節一一轉告負責採樣的搜查員，你不認爲這樣反倒沒效率嗎？而且，直覺是很難向別人解釋的。在打電話的搜查員傳達不甚清楚的情況下，實際接觸民眾的搜查員可能會犯下離譜的錯誤。而且，事前透過電話說明，等於是給

了凶手隱瞞罪行的時間。我明白這種單調的工作容易令人感到厭煩，但每件事都是有意義的。」

「我並沒有覺得厭煩啊。」松宮為自己辯解，卻無法反駁加賀的論點。

松宮和加賀依序造訪負責的區域內的住家，將採集的草皮樣本一一裝入塑膠袋，再標上採自哪一戶，的確是相當單調的工作。小林主任指示要特別留意紙箱，他們也都照做了，但截至目前為止，並未發現可疑的紙箱。松宮暗想，絕對不可能找到的。

來到某戶人家前方，加賀停下腳步，直盯著玄關門口。這戶人家的門牌寫著「前原」，也在採集草皮的名單之列，然而松宮發現加賀的眼神和之前不太一樣，似乎多了幾分銳利。

「怎麼了嗎？」他問。

「沒什麼。」加賀微微搖頭。

這是雙層的老房子，大門正對著玄關門口，短短的通道右側是院子，鋪著草皮，看樣子似乎沒怎麼在照顧。

春日井優菜的衣服上，除了沾到草屑，還有白花三葉草。根據一名對草皮略有研究的搜查員說，若是經常整理照顧的院子，像白花三葉草這種雜草一定會被處理掉。

松宮摁了門鈴，對講機傳出女性的應話聲。

他照例先報上刑警身分，對方簡短應了一聲：「請稍等。」

等候開門的空檔，松宮望向手邊文件，確認前原家的家庭成員。這是從練馬署取得的資料影本。前原一家共四人，戶長是前原昭夫，現年四十七歲，妻子八重子四十二歲，還有十四歲的兒子和七十二歲的老母親。

「看起來是平凡的家庭。」松宮低聲冒出一句。

「這家的老奶奶似乎得了失智症。」加賀說：「世上沒有哪個家庭是平凡的。表面上看起來安康和樂的一家人，往往各有各的問題。」

「這我當然知道。我說的『平凡』是指，看樣子這戶人家和這次的案子似乎沒有關係。」

玄關門打開，走出一名身材矮小的中年人，穿馬球衫搭運動外套，應該就是前原昭夫吧。看到松宮與加賀，他輕輕點頭打了招呼。

「不好意思，一再打擾。」來到這戶人家，加賀也是一開口就先道歉。

松宮說明警方希望採集草皮樣本時，前原臉上閃過一絲退縮。松宮不太明白這細微的反應該怎麼解讀。

「嗯……可以啊。」前原乾脆地答應了。

「那就打擾了。」松宮說著踏進院子，依照程序採集草皮。鑑識課那邊交代過要盡量

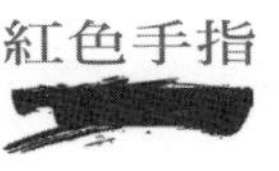

多採一些泥土。

「請問，」前原客氣地問：「這是要調查什麼呢？」

由於加賀沒作聲，松宮只好一面採樣一面回答：「辦案細節請恕我們不便公開，不過，我們目前正在蒐集這一帶的住戶庭院的草皮資料。」

「哦，辦案需要這種資料啊。」

松宮心想，前原約莫是想問這些調查對辦案有什麼幫助，卻沒問出口。

將草裝進塑膠袋之後，他起身準備向前原道謝。

就在這時，屋內傳出叫喊聲。

「媽，拜託妳別這樣！」是女性的聲音。

接著又傳出物品落地的聲響。

前原向松宮他們說聲「不好意思」，匆匆打開玄關門，探頭問：「喂，妳在幹什麼？」

屋內的女性似乎說了些什麼，松宮他們在外頭聽不清楚。

前原關上門，轉身面向松宮與加賀，一臉尷尬地說：「呃，不好意思，讓兩位見笑了。」

「發生什麼事了嗎？」松宮問。

「沒什麼，只是老媽在鬧脾氣。」

「老媽？哦……」松宮想起剛才加賀告訴他的事。

「還好嗎？如果有我們幫得上忙的地方，請儘管說。」加賀開口：「我們署裡也有關於失智老人遊走行爲問題的諮商窗口。」

「請不必擔心，我們會自行處理，謝謝。」前原掛上明顯是硬擠出來的笑容。

松宮與加賀一走出大門，前原旋即轉身進屋。等到看不見前原的身影後，松宮嘆了口氣：「平常在公司上班就很累了，回到家裡還要處理那樣的問題，前原先生眞辛苦。」

「那正是目前典型的日本家庭之一。好幾年前就知道社會必然愈來愈趨向高齡化，國家政府卻掉以輕心，沒做好相應的準備，下場就是必須由每個國民一起來收拾爛攤子。」

「一想到得居家照護痴呆老人，我就覺得頭皮發麻。但我沒辦法置身事外，總有一天我也得照顧母親。」

「這是社會上許多人共同的煩惱，因爲國家政府沒幫任何忙，大家只好自行設法解決。」

聽著加賀這番話，松宮覺得十分刺耳。

「恭哥你就沒這煩惱啊。」松宮說：「把舅舅丟在一旁，自己隨心所欲地過日子，無牽無掛的，你開心得很吧。」

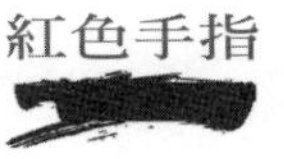

話一出口，他覺得自己說得太過分了，搞不好加賀會動怒。

「也是。」沒想到加賀爽快地應道：「要死要活，都是孤身一人輕鬆自在。」

松宮停下腳步，「所以你打算讓舅舅孤獨地死去？」

聽到這話，加賀臉上掠過一絲訝異，但內心似乎沒起太大波瀾。他回望著松宮，緩緩點頭說：

「一個人會怎麼迎接死亡，端看他這一生是怎麼過的。那個人會是那樣的死法，只能說，那就是他這一輩子的總結。」

「怎麼說是『那個人』……」

「建立了溫暖家庭的人，臨終也能得到家人溫暖的送行。沒給家人一個像樣的家庭，死前卻指望親人送終，你不覺得這樣的人太自私了嗎？」

「舅舅他……他給了我和媽媽一個溫暖的家庭啊！我們雖然是單親家庭，卻沒吃太多苦，這都要感謝舅舅。我不會讓舅舅孤單離世！」松宮迎向加賀冷漠的眼神，繼續說：「恭哥，你不要舅舅就算了，我來照顧！由我來爲舅舅送終！」

他期待加賀會反駁，但加賀只是平靜地點點頭。

「隨便你，我不會干涉你選擇的生活方式。」加賀邁開腳步，又隨即停下，視線的彼端是停在前原家旁的一輛腳踏車。

「那輛腳踏車怎麼了嗎？」松宮問。

「沒什麼。快走吧，還有好幾家要採樣。」加賀轉身便走。

14

昭夫透過窗簾縫隙，窺探落地窗另一側路上的情形，兩個小學生騎著腳踏車經過。方才的兩名刑警已離開十幾分鐘，應該不會再回頭了。

昭夫嘆了口氣，離開窗邊，在沙發坐下。

「外頭狀況如何？」坐在餐桌旁的八重子問。

「沒看到刑警了，我想警方應該沒在監視我們。」

「所以刑警不是單單來我們家盤查？」

「應該不是吧，但我也不敢保證。」

八重子雙手按著太陽穴。她從剛才就一直喊著頭痛，約莫是睡眠不足的關係。「可是你說他們採了草皮的樣本帶走，這就表示沒辦法抵賴了吧？」

「是啊。聽說科學辦案相當厲害，搞不好查得出是我們家的草皮。」

「大概會是什麼時候？」

「妳是指什麼時候？」

「就是警察下次什麼時候來啊。那種科學的檢驗，結果很快出爐嗎？」

「不知道，不過我想應該不用兩、三天吧。」

「所以快的話，也有可能是今晚？」

「或許吧。」

八重子閉上眼，長嘆一聲，聲音中帶著絕望。「能成功嗎……」

本來伸手要拿菸的昭夫「嘖」了一聲，「事情都到這個地步了，妳那是什麼話？」

「可是……」

「說只要直巳不被抓，什麼都願意做的，不就是妳嗎？我都想出這個辦法了，妳還要我怎樣？把直巳帶去警署嗎？」

昭夫的語氣很不耐煩，因爲這是他百般苦惱後做出的決定。到了這個節骨眼，還聽到妻子唉聲嘆氣地說沒把握，更是讓他大爲光火。

八重子連忙搖頭，「不是的，我會保護直巳到底。我一直想著只許成功不許失敗，才會想確認計畫沒有失誤。」

她的話聲中帶著討好與小心翼翼，似乎極力避免惹惱昭夫。

昭夫焦躁地抽著菸，很快抽完了一根。「我們不是討論過很多次，也得到應該會成功的結論了嗎？接下來只能聽天由命。我豁出去了，妳也一樣，不要到這個關頭才慌了手腳。」

「就說我沒有慌張嘛，只是想確認有沒有什麼細節沒注意到而已。我也是抱著必死的決心啊，剛才我演得很好吧！刑警聽到有什麼反應？」

昭夫想了想，「很難說。他們應該沒發現妳是在演戲，不過那一幕讓他們留下多深刻的印象就不曉得了。」

「是嗎……」八重子顯得有些失望。

「要是讓他們親眼看到媽大鬧特鬧，印象一定會很深刻，可是沒辦法這麼做。對了，媽呢？」

「不知道……可能在房裡睡覺吧。」

「是嘛。那直巳在做什麼？」

八重子沒立刻回答，只是蹙眉思索著什麼。

「怎麼？他又在打電動？」

「不是啦。我把計畫告訴他了，想必他在爲許多事煩心吧，畢竟他也受了很大的傷害。」

「只是煩惱一下算什麼反省？妳去叫他來。」

「你要幹麼？就算現在罵他……」

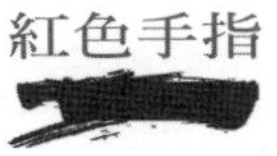

「我不是要罵他。爲了讓計畫成功，我們三人必須口徑一致，要是稍微有一點出入，等於給了警方追根究柢的機會，我們得預先演練過才行。」

「預先演練？」

「警方一定會找直巳問話吧？到時候要是他講話結結巴巴、前言不對後語就糟了。得事先和直巳講好，否則他絕對過不了偵訊這一關，所以我才說要預先演練。」

「原來是這樣……」八重子垂下眼，似乎在思量什麼。

「怎麼了？快去叫他下來啊。」

「你說的我都明白，可是現在恐怕還沒辦法，能不能再等一會？」

「爲什麼沒辦法？」

「直巳害死小女孩，受到很大的驚嚇，一直十分消沉。雖然把計畫告訴他了，但我覺得以他現在的狀況，實在沒辦法在刑警面前演戲。老公，能不能跟刑警說他當時不在家就好？」

「不在家？」

「就說出事的時候，直巳不在家裡。這樣一來，刑警就不會找他問話了吧？」

聽了八重子的提案，昭夫仰頭看向天花板，覺得全身虛脫。「這是他的主意吧？」

「咦？」

「是直巳的主意吧？要妳幫忙騙警方說他當時不在家。」

「不是直巳說的，是我自己覺得這麼做比較好。」

「因爲他告訴妳，他不想面對刑警，對吧？我沒說錯吧？」

八重子舔了舔嘴脣，低下頭說：「這也不能怪他吧，他還是個中學生，當然會怕刑警。況且，你不覺得要那孩子演戲，他根本做不來嗎？」

昭夫搖了搖頭。

他明白妻子的意思。要那個絲毫不懂得忍耐、善變又任性的直巳，去面對必定會追問不休的刑警，昭夫也認爲他應付不了。直巳一定會嫌麻煩，沒兩下就招認了。但說到底，這整件事的始作俑者是誰？是誰害得他們如此苦不堪言？現在事情演變到這個地步，直巳還想把一切推給父母，一味逃避，昭夫只覺得可悲又難堪。

「說了一個謊，就得編出更多的謊去掩飾。」昭夫對妻子說：「我們要是告訴警方當時直巳不在家，警察接著會問那他去了哪裡。就算隨口捏造直巳的行蹤，警方也會暗中蒐證，到頭來謊言一樣會被拆穿。無論如何，直巳是躲不掉見刑警這一關的，既然這樣，少說一點謊不是比較好嗎？」

「話是這麼說……」就在八重子支吾之際，門鈴響了。

昭夫與妻子對望一眼。

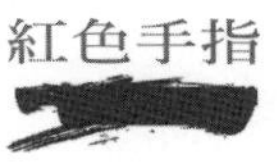

「又是刑警嗎？」八重子臉色一暗，畏怯地問：「是草皮的檢驗結果出來了嗎？」
「怎麼可能，應該沒那麼快。」昭夫潤了潤乾澀的嘴唇，接起對講機低聲應道：「喂？」
「喂，是我。」
昭夫大大地吁了一口氣，對講機傳出的是春美的聲音，幸好不是警察。然而安心之餘，他也慌張了起來，因爲他完全忘了思考妹妹這邊該怎麼處理。
「今天怎麼特別早？店裡休息嗎？」他刻意裝出從容的語氣。
「沒有啦，我剛好來到附近。」
「喔。」昭夫掛上對講機，看著八重子說：「不妙，春美來了。」
「怎麼辦？」
「我找個理由叫她回去。」
昭夫一開玄關門，發現春美已走進大門。對春美來說，這是她的娘家，所以會覺得自由出入是理所當然的吧。
「抱歉，春美，妳今天先回去吧。」昭夫說。
「回去？爲什麼？」
「媽由我們來照顧就好。其實，現在有點不方便。」昭夫裝出尷尬的神情。

「怎麼了？」春美皺起眉頭，「又爲媽的事在吵架嗎？」

「不是的，和媽沒有關係……是直巳的事。」

「直巳？」

「關於直巳升學的事，我和八重子起了點爭執。」

「是喔？」春美顯得很訝異。

「媽在房間裡很安分，身體狀況似乎也不錯。照顧她吃飯我還做得來，所以今天妳就先回去吧。」

「喔，你接得下來當然最好，我是無所謂。」

「不好意思，妳還特地跑一趟。」

「沒關係。那你記得拿這些給媽吃。」春美說著，將手中的超市袋子遞給昭夫。

他一看袋裡，是三明治和利樂包牛奶。

「讓她吃這些就好了嗎？」昭夫問。

「媽最近迷上吃三明治，她似乎覺得是在野餐。」

「是喔。」昭夫完全不曉得這件事。

「放在壁龕那邊就好，媽會自己拿去吃。」

「爲什麼要放那裡？」

「不知道。媽有她自己的規矩吧？跟小朋友一樣啊。」

實在令人難以理解，但昭夫除了接受，別無選擇。

「那明天呢？」

「嗯，有需要的話，我再打電話給妳。要是沒打，妳就不用過來了。」

「咦，不用來嗎？」春美的雙眼圓睜。

「這兩、三天媽的情況還不錯，情緒也十分穩定。週末有我在，應該應付得來吧。平常老是麻煩妳，我也覺得過意不去。」

「嫂嫂同意嗎？你們不是在吵架？」

「我剛才不是說了嗎？我們是在吵直巳升學的事。反正不會有問題的，媽的事妳不必擔心。」

「是嗎？那就好。不過可別大意，因爲媽會突然做出奇怪的事。像是嫂嫂的化妝品，最好先收起來。」

「化妝品？」

「媽這陣子對化妝很有興趣，不過不是大人的那種化妝，而是像小女生學媽媽化妝一樣。小女生不是會偷拿口紅來玩嗎？」

「媽會這樣玩？」

昭夫想起了父親，記得章一郎後來生病時也做過這種事，當時是政惠轉告他的，而她自己現在卻做出同樣的行爲。

「所以，千萬不能隨便把化妝品放在媽看得到的地方。」

「我知道了，我會跟八重子說的。」

「那就麻煩你了，有事隨時打電話給我。」

「好。」

昭夫在門口目送春美離開。一想到自己一家人接下來要做的事，懷著對妹妹的歉意，他感到一陣心痛。

昭夫一回到餐廳，八重子馬上開口問：「春美怎麼說？」

「連著兩天不必照顧媽，她當然會覺得奇怪吧，不過我想辦法把她打發回去了。」

「我聽見她提到化妝品什麼的？」

「哦，她在說媽啦。」昭夫轉述了春美的提醒。

「媽會這樣惡作劇？我怎麼都不知道。」

「惡作劇」這個字眼聽在耳裡，昭夫覺得很不是滋味，但此時無暇追究這種事。

「妳去叫直巳過來。」他說。

「老公，不要啦。」

「現在不能寵他，我們接下來要做的是怎樣的一件事，妳還不明白嗎？沒有抱著必死的決心，是沒辦法成功的。妳得讓直巳明白這一點，不要以為只要叫幾聲苦父母就會一切都聽他的。眞是的，到底把父母當成什麼了？妳去叫他下來就是了。妳不去的話，我去。」

昭夫正要起身，八重子搶先站了起來：「好，我知道了，我去叫他。可是拜託你，不要對他太凶。你不必凶他，他就怕得要命了。」

「他不怕才有問題吧。快去。」

八重子點頭答應，離開餐廳。

昭夫好想喝酒，想喝到酩酊大醉，人事不知。

一回神，昭夫發現自己還拎著春美交給他的超市袋子。他嘆了口氣，走出餐廳，打開後面房間的拉門。昏暗中，政惠背對拉門而坐。

他忍不住想叫聲「媽」，但他知道就算喊了，政惠也不會有反應。現在的政惠不太認得他是誰。春美說喊「小惠」的話她會比較有反應，但昭夫實在不想這麼叫她。

「這裡有三明治。」

昭夫一這麼說，政惠立刻回頭，衝著他一笑。那或許可形容為小女孩般的笑容，然而他只覺得一陣寒意竄過身子。

政惠爬到昭夫身旁，一把抓走超市的袋子，又爬回壁龕，接著將袋裡的三明治一個個拿出來排成一列。

昭夫發現政惠還戴著那雙手套，完全無法理解她到底中意那雙手套哪一點，他只知道，要是硬要她脫掉，她八成會氣得像發了瘋一樣。

昭夫走出房間，拉上拉門，走在黑暗的走廊上，想起他剛才對八重子說的話。

到底把父母當成什麼了……

他發覺這句話罵的正是自己，無力地垂下頭。

15

昭夫剛搬回老家的那陣子，還深信與母親同住是正確的抉擇。八重子和直巳似乎很快就習慣了新生活，政惠也依照自己的步調過日子，但這都只是表面，沉悶的空氣確實逐漸籠罩了這個家。

最初察覺到的家庭齟齬，發生在某天的晚餐時間。昭夫和平常一樣坐到餐桌前，卻不見政惠的人影，於是他問了八重子。

「媽說想在自己房間裡吃。」八重子若無其事地答道。

他追問原因，八重子只說不知道。

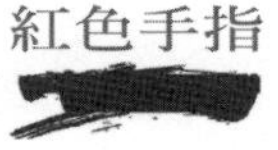

從那天起，政惠就不再和昭夫一家同桌吃飯了，不僅如此，連飯菜都各煮各的。當時八重子已找到固定的打工，政惠總是趁她不在時煮自己的晚餐。

「老公，妳叫媽不要洗平底鍋好嗎？她拿洗碗精一刷，我好不容易用油養出來的鍋子就報銷了。」八重子針對政惠的責難日漸增加。

爲什麼要分別做飯？爲什麼不一起吃呢？儘管心裡有著疑問，昭夫卻沒說出口，因爲他大致猜得到答案。八重子和政惠對料理的喜好和口味天差地遠，兩人曾因煮菜發生爭執，想必是那次吵架的後遺症。

昭夫心想，婆媳不和是社會常態，決定視而不見，但每天下班回家他的心情就無比沉重，他變得經常徘徊酒國，還認識了一名在新橋酒吧工作的女子，兩人的交往愈來愈深入。

正好在那陣子，八重子找他商量，說直巳在學校遭到霸凌。昭夫只覺得厭煩，他不認爲事情有多嚴重，也因兒子增加他的煩惱而煩躁不已，於是抓了直巳來痛罵一頓。

那段時期，他的心都不在家庭上，一頭栽進溫柔鄉。從一開始的兩週一次前往情婦工作的酒吧，變成每週一次，後來甚至三天兩頭就跑去找她。昭夫也常去情婦家過夜，天亮才回家。

八重子再遲鈍也隱隱察覺不對勁。

「是哪裡的女人？」某天夜裡，她逼問昭夫。

「妳在說什麼？」

「少裝傻，你每天晚上都跑去哪裡？老實招了吧。」

「我去陪朋友喝酒啊，妳在想什麼。」

「你以爲我會相信你的鬼話？少瞧不起人了！」

他們每晚都在吵架。當然，昭夫始終沒承認外頭有女人，八重子也一直抓不到證據，但她並沒有因此重拾對丈夫的信任，反倒更篤定昭夫出軌了。昭夫知道他和那名女子分手多年後，八重子仍不時會偷看他的手機。

令人喘不過氣的日子持續著。某天，政惠一整天都沒有離開房間，昭夫覺得奇怪，進房查看，只見她坐在緣廊眺望外頭。

他問政惠在做什麼，卻得到意外的回答。「好像有客人來了，我不想出去見客。」

「客人？沒有客人啊。」

「有啊。你聽，他們聊天的聲音都傳進來了。」

傳進房裡的是八重子和直巳的談話聲。

昭夫非常不開心，以爲政惠是在諷刺他們。「我不知道發生了什麼事，不過能不能拜託妳們好好相處？我夾在中間也很累耶！」

政惠頓時愣住。「可是，那是我不認識的客人啊……」

「夠了，隨便妳。」昭夫說完便離開了母親的房間。

這時他還沒起疑，以爲只是有什麼事情不合意，政惠刻意把八重子當成外人看待。事實上，那天之後，政惠對待八重子和直巳的態度跟先前沒兩樣，當然不是相處融洽的意思，而是和以前一樣處不來。

然而，事情沒那麼簡單。

有天晚上，昭夫上了床快睡著的時候，八重子搖醒他，說樓下有奇怪的聲響。他揉著惺忪睡眼下去一看，發現政惠正將和室的矮飯桌拖往餐廳。

「妳在幹麼？」

「這矮桌是放在這邊房間的。」

「爲什麼？不是都放在和室嗎？」

「吃飯的地方沒有矮桌怎麼行呢？」

「妳在說什麼？有餐桌了啊。」

「餐桌？」

「妳看！」昭夫說著把餐廳門打開，讓她看餐桌。他們決定搬回來一起住的時候，把緊鄰廚房的和室改建成了餐廳，餐桌就是那時候買的。

政惠張著嘴，佇立在原地。

「好了，快去睡吧。這矮桌我來搬回去就好。」

政惠默默回自己房間去了。

昭夫把這件事解釋爲母親睡昏頭了，但當他把事情告訴八重子，她卻不這麼想。

「媽開始痴呆了。」她的語氣非常冷漠。

「怎麼可能……」

「你都在上班，可能沒發現吧，可是她眞的開始有痴呆症狀了，常常菜煮好就放著，像是忘了要吃掉。我去問她『那鍋粥妳不吃嗎』，她卻說沒煮粥，眞是莫名其妙。不過，不是每次都這樣。」

昭夫說不出話來。繼父親之後，母親竟然也變成那副樣子，他只覺得眼前一黑。

「你打算怎麼辦？醜話說在前頭，我可不是爲了照護老人才搬來這個家的。」

「我知道啦。」他竭盡全力才吐出這個回答，然而，他完全不知道接下來該怎麼辦。

政惠的痴呆症狀急速惡化。據說老人痴呆的病徵有很多類型，政惠的狀況是記憶力衰退。她不記得自己剛才說過的話，不記得自己的行爲，不記得家人的長相，最慘的是，到後來她連自己是誰都不確定了。春美帶她去醫院，診斷結果卻是無法治療。

八重子提議送政惠去養護中心。或許對八重子來說，這是千載難逢趕走婆婆的良機，

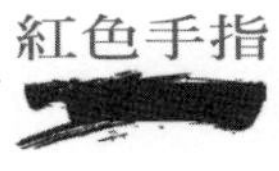

但春美堅決反對。

「這個家是媽最能安心的地方，而且是整修前的老家。媽以爲她還待在當初那個老舊的家裡和爸一起生活，一直這麼相信著，才能夠像現在這樣不吵不鬧。要是搬去別的地方，媽一定會痛苦不堪。我絕對不會答應你們送媽去養護中心。」

八重子反駁：「話是這麼說，不得不負起照顧責任的是我們耶。」

於是春美應道：「我來想辦法，不會麻煩到哥哥嫂嫂的。媽的生活起居就由我來照顧，所以請你們讓媽留在這個家裡，這樣總行了吧？」

妹妹都說到這個份上了，昭夫也沒立場反對，於是他們決定先試試看這樣的方式。

起初，春美是白天來陪政惠，做飯給她吃，等昭夫到家後才離開。但他們很快就發現春美晚上來比較好，因爲白天政惠幾乎都在睡覺，通常要到傍晚才起床活動，所以春美改爲每晚在固定的時間前來，來的時候總是帶著她親手做的料理，因爲政惠不吃八重子煮的飯菜。

有一次，春美對昭夫說：「媽有時候會以爲我是外婆。她好像以爲自己被寄放在陌生人家裡，到了晚上母親就會來看她。」

剛聽到時，昭夫很難接受，然而看著政惠的舉動，昭夫明白她確實出現了退化症狀。他看了好幾本相關書籍，每一本給的建議都是相同的：

失智老人生活在自己建立的世界裡，與他們相處時，絕對不能破壞他們腦中的世界，要順著他們的想像與之應對……

在政惠的腦海中，這已是不是她的家。住在這個家裡的昭夫一家人，對她而言，只是素不相識的陌生人。

16

松宮與加賀查訪完手邊清單上的每一戶時，天色已黑，公事包裡塞滿裝有草皮採樣的塑膠袋。

松宮自己也不清楚這樣到底算不算有收穫，他們拜訪的每一戶，居住者都不像是會對女童下手的人，大家都很平凡，雖然經濟水準多少有些差距，感覺每個人都努力地過著日子。

「凶手不在這個町裡啦。」松宮一面走向大馬路一面說：「只有變態會做出那種事。凶手一定是一個人住、性癖異常的男人。你想想，凶手是突如其來地把一個走在路上的小女孩拉進車裡，就這樣綁架了耶。雖然不知道他打算怎麼下手，但肯定會想盡辦法先遠離綁架現場吧。然後，在某個地方殺了小女孩之後，又回到這個町來棄屍，好誤導警方是這裡的居民下的手。換句話說，凶手並不是住在這個町的人。我說的有什麼不對嗎？」

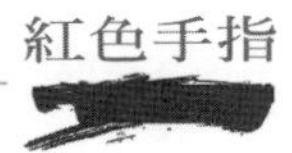

走在他身旁的加賀默默無言，低著頭露出思索的神情。

「恭哥。」松宮叫喚。

加賀總算抬起頭。

「你沒在聽嗎？」

「我聽到了。你的想法我明白，聽起來也很合理。」

這種曖昧的說話方式，讓松宮有點焦躁，「你想說什麼就說啊！」

加賀苦笑，「我沒有想說什麼。我不是提過了嗎？轄區的員警一切行事都聽從搜查一課的指示。」

「你這樣講實在讓人火大。」

「我沒有損人的意思。如果讓你心裡不舒服，我道歉。」

兩人來到大馬路上。松宮正要攔計程車，加賀突然說：「我還有個地方想去。」

朝空計程車舉起手的松宮連忙把手放下，「你要去哪裡？」

加賀面露猶豫之色，約莫是覺得瞞不過松宮吧，他嘆了口氣，老實答道：「有一戶人家，我有些在意，想再進一步調查一下。」

「哪一戶？」

「前原家。」

「前原……」松宮從公事包取出檔案夾，查看住戶清單。「哦，那一家啊，家裡有位痴呆老奶奶的是吧？你爲什麼會注意到他們？」

「說來話長，而且我只是有點起疑罷了，還說不上是罪證確鑿。」

松宮放下檔案夾，瞪著加賀說：「轄區員警一切都聽從搜查一課的指示不是嗎？那就不要對搜查一課的人有所隱瞞。」

「我沒有要隱瞞的意思。」加賀似乎有些爲難，以手指搔了搔長出鬍碴的鬢頰，最後聳聳肩說：「好吧，一起去，但白跑一趟的可能性很高。」

「正合我意。有人教過我，辦案的成果端看搜查時白跑了多少趟。」

這是隆正說過的話。松宮偷偷觀察加賀的表情，想看他有什麼反應，然而加賀不發一語，邁步就走。

松宮跟上加賀，來到銀杏公園。公園已開放讓民眾進入，但公廁外還是圍著「禁止入內」的封鎖線。公園裡不見人影，一方面是已入夜，另一方面也可能是居民都聽說發生了命案的關係。

加賀跨過封鎖線朝公廁走去，在入口前停步。

「你覺得凶手爲什麼要把屍體丟棄在這種地方？」加賀問松宮。

「當然是因爲半夜的公園隱蔽性高，直到天亮都不必擔心屍體會被人發現。應該就是

基於這樣的考量吧？」

「可是隱蔽性高的地方那麼多，不必大老遠跑去深山，只要去鄰近的新座市，到處都是短時間內不會有人踏入的草叢。丟在那些地方，屍體一樣不會太早被發現，爲什麼凶手沒有選擇那些地方呢？」

「就像我剛才說的，凶手是爲了誤導警方是這個町的人幹的啊。」

加賀偏頭說：「是嗎？」

「不是嗎？」

「比起故布疑陣，讓屍體晚一點被發現應該對凶手更有利，因爲還沒看到屍體之前，警方會同時考慮綁架的可能性，一時之間不能毫無顧忌地採取行動。」

「那恭哥認爲是什麼原因？凶手爲什麼會選這個地點？」

加賀緩緩轉頭，面向松宮。「我覺得凶手可能是不得已才選擇這個地點。」

「不得已？」

「對。凶手沒有別的選擇，雖然想去遠處棄屍，卻沒有運送工具。」

「運送工具……？汽車嗎？」

「沒錯，凶手不會開車，或者沒有車。」

「會嗎？我覺得不可能。」

「怎麼說？」

「要是沒有車，不可能犯下這起案子。首先會遇上的問題是，要怎麼搬運屍體？總不可能抱著走來公園吧？就算被害者是孩童，至少也有二十公斤，何況屍體是裝在紙箱裡，抱著那麼大的紙箱很難走路吧。」

「關於紙箱，鑑識人員說屍體上附著保麗龍顆粒是吧？」

「是啊，所以推測凶手使用的是裝家電製品用的空紙箱。」

「附著保麗龍顆粒就表示，」加賀豎起食指，「凶手是直接把屍體放進紙箱。」

松宮一時無法理解加賀的意思，他想像著那副情景，總算明白：「對喔。」

「你有車嗎？」

「有啊，雖然是二手車。」

「即使是二手車，一樣是你的寶貝車子。如果你是凶手，會怎麼做？開車搬運屍體時，你會把屍體直接放進紙箱嗎？」

「我覺得沒什麼問題啊。」

「即使屍體溼溼的？」

「溼溼的……？」

「被害者遭凶手勒住脖子時排了尿。屍體被發現時，身上的裙子也是溼的。我比鑑識

人員早一步到現場查看過，印象十分深刻。不過，因爲是在公廁，尿味會被其他臭味掩蓋。」

「對了，搜查資料上也提到了這一點。」

「那我再問一次，你會把這樣的屍體直接放進紙箱嗎？」

松宮潤了潤嘴脣，「屍體的尿弄溼紙箱，再弄髒車子，的確不是令人愉快的事。」

「車內會變得又髒又臭，還會留下載過屍體的跡證。」

「所以凶手應該是先把屍體以塑膠袋之類的東西裹起來，再放進紙箱……才對吧。」

「然而凶手並沒有這麼做，爲什麼呢？」

「因爲不是以汽車搬運……嗎？」

加賀聳了聳肩，「當然，不能因此斷言凶手不是以汽車運屍，也有可能凶手個性草率，弄髒車內都不以爲意，但我認爲這種可能性很低。」

「可是，如果不開車，凶手要怎麼搬運那麼大的紙箱？」

「問題就在這裡。換成是你，會怎麼做？」

「我剛才說過，徒手抱著大紙箱很難走路，要是有推車就方便多了。只是大半夜裡推著那種東西，反倒會引人側目。」

「我也這麼認爲。所以有哪些運送工具既不會引人側目，又具有和推車相同的功能呢？」

「嬰兒車……？不，倘若是早期那種像超市推車型的還有可能，現在的嬰兒車應該載不了大紙箱。」

加賀得意地一笑，拿出手機，按了幾個鍵之後，將液晶螢幕轉向松宮：「你看這個。」

松宮接過手機一看，液晶螢幕上映出一張照片，拍攝的似乎是泥土地面。「這是……？」

「你現在腳邊的地面。鑑識人員應該已拍照存證，不過我也拍了。」

「這處地面怎麼了嗎？」

「你仔細看，看得出摩擦的痕跡吧？像是有人試圖抹掉什麼。」

泥土地上確實有幾道頗寬的淺痕。

「不是孩童往地面亂畫的傑作嗎？」

「如果這是孩童亂畫，怪的就是爲什麼凶手沒留下任何車痕了。不管是推車，還是什麼代替推車的東西，凶手應該是透過運送工具將屍體搬到這裡。昨天整個早上都在下雨，這一帶的地面理當很鬆軟才對。」

「就算事實眞如你推測的，既然車痕都被抹掉了，也沒辦法了啊。」松宮說著將手機遞還給加賀。

「仔細看，你認爲車痕被抹掉的區域寬幅大約多少？」

「寬幅？」松宮又看了一次手機螢幕，「三十公分左右吧？」

「我也這麼認爲。三十公分，如果是推車，這寬幅未免太窄了。」

「的確。那麼，這是……」看著手機的松宮抬起頭，「腳踏車的車痕嗎？」

「恐怕是。」加賀說：「而且是有後座的那一種，不像最近很多腳踏車都沒有後座了。還有，這輛腳踏車應該不是大型的。」

「爲什麼？」

「你試試就知道。後座載著一個大紙箱，一手扶著紙箱，另一手還要握住車把，如果腳踏車車體太大，手會搆不到車把。」

松宮想像了一下，發現加賀所言合情合理。「凶手的住家或附近有塊草皮，而且凶手不會開車或是沒有私家車，但有一輛附後座的腳踏車……是嗎？」松宮嘟囔著，在腦中搜尋符合這些條件的人家。「所以你才鎖定前原家嗎？的確，那戶人家沒有車庫也沒有停車空間，至於腳踏車……對了，恭哥，那時候你一直盯著前原家的腳踏車瞧。」

「嗯，那是附有後座的車型，能夠載運大紙箱。」

「原來如此。不過……」

「怎麼？」

「只是因爲這些線索吻合，就鎖定前原家，會不會太武斷？比方說，凶手家裡其實是有私家車的，只是凶手本身不會開車——也有這種可能吧？」

加賀同意松宮的話，「我不是單憑這些線索就鎖定那戶人家，還有一件事讓我覺得不太對勁，那就是手套。」

「手套？」

「在初步調查的階段，我獨自去過那戶人家一次。當時我向各戶出示春日井優菜的照片，蒐集目擊情報。那次我見到那位患有失智症的老奶奶了，她搖搖晃晃地走進院子，撿起掉在院子裡的手套戴上。」

「她爲什麼要那麼做？」

加賀聳聳肩。「失智症患者的行動無法以邏輯解釋，重點是那雙手套。老奶奶把手套湊在我面前，就像這樣。」加賀將雙掌張開貼近松宮的面前，「那時候，我聞到了。」

「咦……？」

「有一股淡淡的臭味，是尿味。」

「被害者排了尿……你是指，就是那種味道嗎？」

「我不是狗，沒辦法確定是不是一樣的來源。但當下我心想，如果凶手處理屍體時戴

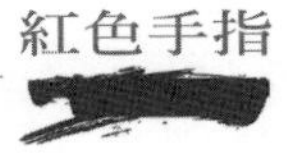

了手套……不，他應該戴了，畢竟直接以手接觸屍體有可能留下指紋。這麼一來，那雙手套應該也沾有被害者的尿液。後來又得知保麗龍顆粒這條線索，於是我做了推論，也就是我剛才和你說的凶手以腳踏車運屍。是因爲這樣，我才逐漸鎖定前原家。」

松宮回想拜訪前原家時觀察到的細節，感覺只是個再平凡不過的家庭，男主人前原昭夫不像會犯罪的人，有印象的頂多是他們爲了那位失智症老奶奶會吵鬧而傷透了腦筋。

松宮打開檔案夾，查閱前原家的相關資料。「四十七歲的上班族，妻子，念中學的兒子，還有得了失智症的老奶奶……凶手就在這幾個人當中嗎？這麼說來，其他的家人都不知情嗎？這次的犯案有可能躲過家人的耳目，暗中進行嗎？」

「不，不可能吧。」加賀旋即應道：「所以，如果凶手是前原家的某個人，家人很可能會幫忙隱瞞。我本來就認爲這次的案子至少有超過兩人涉案。」

聽加賀說得如此篤定，松宮不由得望向他的雙眼。加賀彷彿回應似地，從懷裡取出一樣東西遞給松宮。那是一張照片。

松宮接過來看。照片拍的是死者的腳，雙腳都穿著運動鞋。

「這又怎麼了？」松宮問。

「綁鞋帶的方式。」加賀說：「仔細看，兩邊鞋帶綁的方式有著微妙的不同。兩邊都是綁蝴蝶結，相對位置卻是相反的。而且一腳綁得很整齊，另一腳綁得很鬆。如果是同一人打的結，左右腳應該不至於有這麼大的差異。」

「眞的耶……」松宮湊近照片仔細審視，的確如加賀所說。

「根據鑑識報告，兩只鞋子都曾脫下來。雖然還不清楚原委，我想左腳和右腳的鞋帶恐怕是不同人綁的。」

松宮不由得沉吟，「所以……是家人聯手犯案嗎？」

「即使是單人犯下殺人案，也極有可能是家人幫忙隱瞞。」

松宮將照片還給加賀，打量著他。

「幹麼？」加賀訝異地問。

「沒有，沒事。」

「就是這麼回事了。所以，接下來我想針對前原家再深入訪查。」

「我也一起去。」

「得到搜查一課的認可，我安心多了。」加賀說著邁開步伐。

松宮連忙跟上，一面思忖著：恭哥果然厲害。

17

前原家對面的人家姓太田，嶄新的白色屋子，院子沒有鋪草皮。松宮摁了門鈴，透過對講機報上身分，出來應門的是一名三十四、五歲的主婦。

「我們想向您請教一下對面前原家的情況。」松宮以這句話起頭。

「什麼事呢？」

太田太太露出訝異的神色，眼裡有更多的好奇。松宮心想，應該很容易向這個人問出消息。

「最近，您印象中他們家有沒有什麼不太一樣的地方？這兩、三天的狀況就可以了。」

面對松宮的問題，太田太太偏頭回答：「對耶，這麼說來，這兩天都沒遇到他們家的人，平常我都會和前原太太聊天。呃……你們是要問關於那個發現小女孩屍體的案子嗎？」她竟然馬上反問起警察來了。

松宮苦笑著搖搖手。「很抱歉，搜查詳情我們無法透露。嗯，請問您認得前原先生嗎？」

「認得，打過幾次招呼。」

「他是個怎樣的人？」

「這個嘛……很老實的人，不過也許是因爲前原太太個性積極又好強，才顯得他比較沉默老實吧。」

「他們有個兒子吧？是中學生。」

「直巳啊，嗯，我認識。」

「他是個怎樣的孩子？」

「嗯，很普通的男孩，感覺不怎麼活潑，我從直巳小學就認得他了，卻從沒看他在外面玩過。這一帶的小孩都會在我們家前面玩球什麼的，還曾把球扔進我們家院子呢，可是直巳好像都不出來玩。」

看來，她對目前就讀中學的前原直巳所知有限。

松宮心想可能問不出什麼值得參考的內容了，準備結束談話告辭時，太田太太主動開口：「不過，他們家眞是辛苦。」

「怎麼說？」

「就是他們家的老奶奶啊，變成那個樣子。」

「喔……」

「以前我就聽前原太太抱怨過。其實爲了老奶奶好，還是應該送進養護中心，可是那

種地方很難排到缺，就算有，她丈夫和夫家的親戚也不會答應。唉，眞的是說發病就發病呢，痴呆……不，那叫失智症是嗎？以前他們家老奶奶相當能幹，和兒子一家一起住之後，就變成那樣了。」

松宮聽說過失智症患者由於周圍環境驟變而病情惡化的例子，或許是心情上一時無法調適吧。

「不過，」說到這裡，太田太太露出別有意味的笑容：「前原太太的確十分辛苦啦，但現在不是很多人家裡都有失智老人嗎？我覺得和其他人家比起來，前原家算是輕鬆了。」

「怎麼說？」

「因爲前原先生的妹妹每天晚上都會專程來照顧老奶奶。我想最累的應該是他妹妹吧。」

「前原先生的妹妹？她住這附近嗎？」

「是啊，她在車站前開了家船來品店，我記得店名是叫『田島』。」

「星期五晚上呢？」一直沒吭聲的加賀突然插嘴，「昨天晚上，前原先生的妹妹來過嗎？」

「昨天？嗯……」太田太太尋思之後，搖搖頭：「這我就沒什麼印象了。」

「這樣啊。」加賀露出笑容，點點頭。

「喔，對了，我想起來了。」太田太太說：「這兩天可能沒來。因爲前原先生的妹妹都是開車來的，是輛小車。我常看到她把車停在家門口，不過昨天和今天似乎都沒看到她的車。」

「開車來啊。我明白了……」加賀臉上仍掛著笑容，但顯然若有所思。

從這名主婦口中大概問不出什麼了，於是松宮準備告辭：「百忙中打擾很——」但一句「謝謝您的協助」還沒說完，加賀突然開口：

「那麼，田中家的情況如何？」

「咦，田中家？」太田太太明顯吃了一驚。松宮也覺得奇怪，田中家是哪一戶啊？

「斜對面的田中家。」加賀指著前原家左側的房子，「關於那戶人家，最近您有沒有注意到什麼異狀？無論多小的事都沒關係。我記得那戶的男主人當過町內會長？」

「是啊。我們搬來時去他們家打過招呼，但那是很久以前的事了。」

加賀針對田中家問了兩、三個問題之後，繼續打聽起周邊好幾戶人家。只見太田太太愈來愈不耐煩。

「爲什麼連其他人家的事也要打聽呢？」離開太田家之後，松宮問加賀：「我不覺得這麼做有什麼意義。」

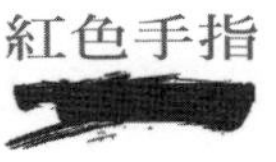

「你說的沒錯，毫無意義。」加賀直截了當地回答。

「咦？那爲什麼……」

加賀忽地停步，望著松宮說：「我們現在沒有任何確切的證據足以證明前原家涉案，有的只是接近想像的推理。搞不好我們在四處打探的，其實是一戶全然無辜的人家。考慮到這一點，當然要盡我們所能去保護他們的權益，不是嗎？」

「保護他們的權益？」

「我們這樣上門打聽，確實改變了剛才那位太太對前原家的印象。你也看到她那雙充滿好奇的眼睛了吧，誰都無法保證我們前來打聽一事，她不會加油添醋到處去講，導致謠言愈滾愈大，將前原家層層包圍。就算之後查出凶手另有他人，並逮捕入獄，散播開來的謠言卻是很難消失的。我覺得不能爲了辦案就製造出這樣的被害者。」

「所以你才連不相干的人家的消息也一併問了……」

「那樣問過之後，那位太太應該就不會給前原家貼上標籤了，搞不好還會以爲警察同樣會向別人打聽自家的事。」

松宮垂下目光，「我沒想那麼多。」

「這是我的做法，沒有強迫你一定要學起來。先不管這個，」加賀轉過頭，望向前原家：「這兩天前原先生的妹妹沒出現，倒是很令人在意。」

「嗯，畢竟老奶奶都是由妹妹照顧。」

「稍早我們去前原家時，前原昭夫說老奶奶正在吵鬧。如果有負責照顧的人手，一般不是會找來家裡幫忙嗎？爲什麼沒聯絡妹妹過來呢？」

「也許妹妹出遠門了？」

「去確認一下吧。」

兩人招了計程車，來到車站前的大馬路下車，走幾步轉個彎就看到舶來品店「田島」。這家店似乎以主婦爲主要客層，販售婦女服飾與化妝品等。店內一名四十來歲的女人正站著按計算機。松宮與加賀一進門，女人立刻回頭喊了聲「歡迎光臨」，卻一臉困惑，應該是因爲鮮少有兩個大男人進店裡來吧。

松宮出示警察手冊，女人的表情更僵硬了。「聽說前原昭夫先生的妹妹在這裡上班？」

「我就是。」

「啊，您好。不好意思，請問您的名字是……？」

女人說她叫「田島春美」。

「令堂前原政惠女士，目前住在前原先生家裡吧？」

「家母怎麼了嗎？」田島春美流露不安的眼神。

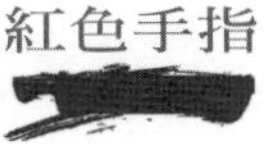

松宮問她最近是否曾前去照顧母親，她的回答果然是這兩天沒去。

「剛才我去了一趟，不過家兄說這陣子家母身體狀況不錯，也很安分，所以叫我這兩天不必過去了。」

「身體狀況不錯？呃，可是……」松宮本來想說，前原昭夫才聲稱為了母親吵鬧而困擾不已，但加賀輕輕戳了一下他的側腹，松宮吃驚地望向他。

只見加賀泰然自若地問田島春美：「請問像這樣臨時通知您不必過去照顧的情形，經常發生嗎？」

她偏頭回答：「不會啊，之前都沒這樣……不好意思，請問是在調查什麼案子嗎？家兄的家裡出了什麼事嗎？」

「您知道在銀杏公園發現女童屍體的案子嗎？」加賀問道。

「跟那件案子有關嗎？」田島春美不禁睜大雙眼。

加賀點點頭，「由於凶手可能是開車棄屍，我們正針對附近的可疑車輛進行調查。聽說前原先生家前方經常有人停車，所以想來和您確認一下。」

「啊，那是我的車。抱歉，因為沒有別的地方可停。」

「沒事的，我們今天不是來追究您停車的事。不過話說回來，您這樣奔波相當勞累吧？每天都得去照顧令堂。」

「這不算什麼，我正好可以轉換一下心情。」田島春美笑了，她的眼皮很厚，笑起來眼睛便瞇成一條縫。

「不過，照顧失智症的病患尤其辛苦吧？聽說有些患者一個不如意就會大吵大鬧。」加賀一副閒話家常的語氣。

「也是有那樣的患者吧，不過家母從不吵鬧。況且，老人由親人來照顧是最好的。」

「原來如此。」加賀點點頭，向松宮使了個眼色。松宮向田島春美道謝，接著兩人就告辭了。

「先向小林先生報告一下吧。」一走出店門，加賀馬上對松宮說。

「當然，我正打算這麼做。」松宮說著拿出手機。

18

門鈴再度響起。這是今天的第四次了，其中兩次上門的是刑警。這一次還是那兩名刑警。昭夫接起對講機，心情灰暗地應了聲，掛上聽筒。

「又是刑警？」八重子內心的緊張全寫在臉上。

「是啊。」昭夫應道。

「那就照剛才討論好的做嗎？」

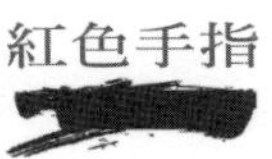

「先等一下，現在還不清楚他們上門的目的，等確定實在瞞不下去了，由我來開這個口，到時候就照我們討論好的做，知道嗎？」

八重子沒點頭，雙手祈禱般在胸前交握。

「怎麼了嗎？」

「沒有……我有點擔心，不知道會不會成功……」

「事到如今還有什麼好說的，只能這麼做了啊。」

八重子顫抖著點點頭，小聲回道：「也對。」

昭夫來到玄關，一開門，只見門口站著的依舊是那兩名刑警，加賀和松宮。

「真的很抱歉，一直上門打擾。」松宮客氣地致歉。

「還有什麼事嗎？」

「是這樣的，我們正在調查被害者出事當天的行蹤，依目前所知，她可能來過這附近。」

聽到松宮這番話，昭夫的體溫倏地上升，背脊卻打了個冷顫。

「所以呢？」昭夫問。

「我們想確認一下，不知道府上的人有沒有見過這個小女孩。」松宮取出照片，是那名女童的照片。

「關於這件事，今天早上我回答過這位刑警先生了。」昭夫看向加賀。

「是，但當時我只請教了前原先生，」加賀說：「我們希望也能請您的家人協助確認。」

「我太太確認過了。」

「是的，不過，您還有一個國三的兒子吧？」

對方突然提到直巳，昭夫心頭一驚，看樣子警方對每個家庭的成員都瞭若指掌。

「我想小犬應該什麼都不知道。」

「我明白，但我們必須確認所有的可能性，還請見諒。」

「麻煩您了。」一旁的松宮補了一句。

「嗯，那照片借一下好嗎？我去問他。」

「呃，不好意思，還有一件事，」松宮一面把照片遞給他，一面說：「可以請您盡量詳細問出府上的人昨天在家的時間嗎？」

「這又是爲什麼？」

「遇害的小女孩生前可能踏過草地，稍早我們來府上的庭院採樣，就是爲了查出是哪裡的草皮。」

「您的意思是，那是我家的草皮嗎？」

「不不，這部分的檢驗結果尚未出爐。只不過，如果小女孩是擅自闖入府上的院子，應該是府上沒人在家的時候，我們想確認一下是不是有過這樣一段空檔。」

「真抱歉。不單是前原先生府上，其他人家我們也在進行同樣的調查。」加賀送上客氣的笑容。

是這樣嗎？應該是只問我們家吧？——昭夫內心存疑，又怕追問下去會造成反效果，於是他接過照片，回到屋裡。

「這是幹麼？什麼意思？」八重子聽完昭夫的轉述，臉色變得鐵青。

「不知道。總之，刑警在問我們家的人當天什麼時候在家。」

「那就是在確認不在場證明吧？」

「我也覺得。可是，這跟在家時間無關吧？」

「刑警是在懷疑我們家嗎？」

「好像是，但又像是我想太多。」

「那怎麼辦？你打算怎麼回答？」

「我正在想。」

「千萬別讓他們懷疑到直巳頭上！就說他從學校回來以後就一直待在家裡吧？」

昭夫思考了一會，看著八重子搖搖頭：「那樣可能會有問題。」

「爲什麼？」

「後續會變得很麻煩。看來，非得執行那個計畫不可了。」

「什麼意思？」

「現在就得布局了。」

昭夫拿著照片回到玄關，門外的兩名刑警仍維持剛才的姿勢等著。

「結果如何？」開口的是加賀。

「小犬也說沒見過這個小女孩。」

「這樣啊。那麼，可以請您告訴我昨天府上各位回家的時間嗎？」

「我是七點半左右到家。」

「不好意思，請問您在哪裡高就？」加賀拿出筆記本。

昭夫說明自己任職的公司位在茅場町，下班時間是五點半，但昨天他在公司待到六點半。

「只有您一個人加班嗎？」

「我手邊的工作是獨自一人在做，不過還有其他同事也留下來了。」

「是同部門的人嗎？」

「有我們部門的人，也有其他部門的人，因爲大家都在同一樓層。」

「原來如此。方便向您請教這些人的姓名及部門嗎？」加賀始終維持低姿態。

「我說的都是眞的啊！」

「不不不，」加賀作勢道歉，搖手說：「我不是不相信您，這是警方辦案的程序。請教當事人之後，還得從另一方取得佐證，這樣我們才算完成工作。哎，公家單位就是這樣，您儘管取笑沒關係。」

昭夫嘆了一口氣，「要找佐證就去找吧。隔壁部門有一位山本先生也留下來了。還有我所屬部門的兩個人。」昭夫將部下的姓名和職稱一併告訴刑警。

現在他確定了，刑警是在調查前原一家的不在證明，錯不了，恐怕草屑眞的成爲致命關鍵。

昭夫的不在場證明應該沒有問題，然而，這對前原一家毫無幫助，只是讓警方鎖定的嫌犯人數變少而已。

接下來警方一定會如火如荼地進行調查，這種臨時編出來的謊話是不管用的，要是警方卯起來偵訊，軟弱的直巳恐怕馬上就會吐出眞相。

「那您太太呢？」加賀繼續發問。

「她晚上去打工，昨晚是六點左右回到家。打工的地點是——」

抄下昭夫所言之後，加賀一副順便問問的口氣說：「那令公子呢？」

終於來了——昭夫暗自繃緊神經。「他說放學後就到處逛，回到家的時候，我想已超過八點。」

「超過八點？中學生這種時間回家有點晚。」

「唉，一點也沒錯。我會好好罵他的。」

「令公子是一個人在街上晃蕩嗎？」

「是的。他不肯交代清楚，反正一定是跑去電動遊樂場之類的地方吧。」

加賀似乎還想追問什麼，看著手上的筆記一會，但一抬頭，他又露出笑容：「那麼，老奶奶呢？」

「我媽，」昭夫說：「昨天似乎有點感冒，一直躺在床上，再加上她腦袋不清楚，我想就算眞的有人闖進我家院子，她也說不出個所以然吧。」

「感冒啊……？但今天稍早我看她滿有精神的。」

「她前天晚上發燒，燒得很厲害。」

「這樣啊。」

「還有什麼問題嗎？」

「沒有，都問完了。眞是不好意思，這麼晚還來打擾。」

目送兩名刑警離開之後，昭夫把門關上。

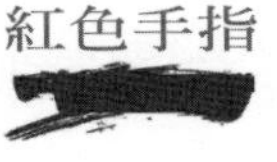

他回到餐廳，只見八重子在接電話。她摀住話筒，看著昭夫說：「是春美打來的。」

「什麼事？」

「她說有事要問你……」

昭夫心生不祥的預感，接過電話：「喂？」

「啊，是我，春美。」

「幹麼？」

「剛才警察來過我這邊了，他們問起媽的事。」

昭夫一驚，警察終於找上春美了。「他們說了什麼？」

「其實，他們是要問昨天和今天我是不是沒去你家，還問我爲什麼沒去，我就說，是哥哥叫我不用去的，這樣應該沒問題吧？」

「嗯，沒問題。」

「好像是我平常都把車停在家門前，被當成可疑車輛了。」

「刑警也來過我們家好幾次，他們在町內到處盤查吧。」

「這樣啊，感覺眞不舒服。對了，媽的情況如何？剛才的三明治，你拿給媽吃了吧？」

「媽沒事，妳不用擔心。」

「好，那有什麼事再跟我聯絡。」

「嗯。」

掛斷電話後，昭夫無力地垂下頭。

「老公……」八重子喚道。

「沒辦法了。」昭夫說：「照計畫做吧。」

19

松宮和加賀一同步出警署時，已將近晚上十一點。他本來想在警署留宿，但小林主任說他今天還用不著那麼拚命。主任的忠告是，一開始衝太猛反而會後繼無力。

「恭哥，你接下來要做什麼？」松宮問。

「直接回家，我想為明天的辦案養足精神。怎麼了？」

「呃……我在想，你能不能陪我三十分鐘。」

「你想去哪裡？」

松宮躊躇了一下，答道：「上野。」

加賀的神色一沉，「那恕我失陪。」

「為什麼……」

「明天會是很重要的一天，你可別遲到。」加賀說完便轉身離去。

目送加賀遠去，松宮搖了搖頭。

關於前原家的嫌疑，兩人一回到署裡便向小林主任和石垣組長報告了。石垣的第一個感想是：「加賀的推理還是一樣大膽啊。」說明來龍去脈的雖然是松宮，但上司似乎十分清楚是誰注意到前原家的。

「不過，證據不夠強。」石垣開口：「這些推測分開來看都挺有意思，也很有說服力。從凶手直接把屍體放進紙箱，推論出凶手棄屍時沒有開車，這一點也相當耐人尋味。但若以整體情況來思考，這樣的推論恐怕還有爭議，而且光憑目前的線索也不易取得搜索票。」

石垣繼續說：

「尤其是，如果凶手沒了車子這項代步工具，就會產生一個很大的疑點。」

「我明白。」加賀應道：「是關於凶手如何將被害者帶回家這一點吧。」

「沒錯。這類的犯罪，以歹徒開車強行擄走被害者的情況占絕大多數。就算歹徒一開始花言巧語，和被害者邊走邊聊了一小段時間，最後幾乎一定都會用到車，因爲歹徒當然不希望獵物逃脫。雖然也有沒用到車的案例，但那種情況，通常棄屍現場就等於行凶現場，由於歹徒會將被害者引誘至人煙稀少的地方再下手，也就沒有另行棄屍的必要。若依照你們的推論，歹徒是在沒有開車的情況下，將被害者誘導到自家或是隱密處加以殺害，爲什麼歹徒要這麼做？行凶之後，反而得傷腦筋如何處理屍體。如果歹徒一開始沒打算殺人，那就是想在猥褻之後，放被害者回家嘍？這樣歹徒還得擔心被害者回家將事情告訴父母，自己馬上就會遭到逮捕。一樣說不通啊。」

石垣的分析果然既冷靜又合理，然而加賀也有他的想法。

那就是——凶手與被害者可能之前就認識。

「我一直很在意被害者曾先回家一趟，在未經母親同意的情況下再度外出這一點。現階段我們仍不明白被害者外出的目的，但如果被害者是出門與凶手碰面呢？在雙方認識的前提下，被害者應該不排斥前往凶手所在之處。而凶手可能也把事情想得太簡單，一廂情願地以爲只是稍微做些親密的舉動，被害者應該不至於大驚小怪。」

石垣似乎仍是不置可否，但還是下達指示：「好，我明白了。明天你們再去被害者的父母那裡一趟，徹底調查女童身邊有沒有可疑人物出沒。如果查出與前原家有關，我們這邊立刻出動。」

「是！」松宮強而有力地應聲。

刑警加賀恭一郎真的非常厲害——松宮這次終於見識到了，雖然只和加賀一起行動一天，但他的洞察力真是令人咋舌。松宮也明白了小林主任之前說「對你來說，一定會是很

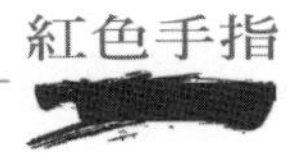

好的經驗」的意思。

而且正因如此，松宮覺得要是將他和加賀同組辦案的事告訴隆正，隆正不曉得會有多高興。他好想現在就告訴舅舅，表哥有多厲害。當然，表哥能跟他一起出現是最理想的情況。

隆正住院的醫院就位在上野。

松宮抵達醫院時，已超過十一點半。他從夜間出入口走進醫院，打過好幾次照面的警衛就在進門處的警衛室裡。他點頭致意，中年警衛也默默點頭回應。

他穿過刻意減少照明的走廊，踏進電梯。到了五樓，他先走向護理站。金森登紀子正在寫東西，白色制服上罩了一件深藍色開襟毛衣。

「不好意思，現在可以去探病嗎？」他隔著護理站窗口問。

金森登紀子衝著他一笑，有些猶豫地說：「可是隆正先生應該睡著了。」

「沒關係，我只是想看看他，很快就走。」

她點點頭，「那您請便。」

松宮行了一禮，離開護理站，走向隆正的病房。走廊上不見人影，他的腳步聲顯得格外響亮。

隆正果然睡著了。松宮豎起耳朵細聽，聽得到微弱的呼吸聲，確認這一點之後，他鬆了一口氣，拉來床邊的摺疊椅坐下，注視著隆正那瘦得像鳥頸一樣的脖子規律地微微起伏。

旁邊的小桌上依舊擺著將棋盤。由於光線昏暗，看不出戰況如何，不過就算光線充足，松宮也一樣看不出來吧，因爲他不會下將棋。

他心想，最近可能沒辦法來探病了，明天起一定會更加緊鑼密鼓地進行搜查，他得做好夜宿練馬署的心理準備。

他在心中默默祈求，希望舅舅能撐到這件案子破案。因爲就連他自己能不能來醫院都不確定了，他實在不敢指望從不來探病的加賀結案前會出現在這裡。

望著隆正安詳的睡臉，松宮想起十年前的往事。那是七月的一個大熱天，當時他就讀高一。那天，他第一次見到表哥——加賀恭一郎。

松宮早就從克子口中得知有這個表哥，卻一直沒機會見面。那一天，松宮和克子一起到獨居的隆正位於三鷹的住處玩，加賀正好來訪，據說當時他在荻窪租公寓住。

「你好。」

互相介紹完，加賀只說了這麼一句，事情辦完就走了。松宮把這解釋爲當時已當上警察的表哥一定很忙。然而目睹加賀父子之間幾乎沒有交談，甚至不看彼此一眼，松宮總覺得難以釋懷。

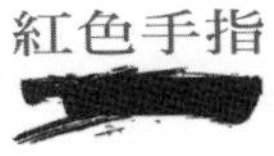

後來松宮幾乎沒見過幾次這個大他很多歲的表哥，許久之後再次見面，是隆正搬家的時候。由於隆正承租的房子太老舊，決定搬到同一位房東經營的另一棟公寓。

松宮和克子去幫忙搬家，翻出隆正收藏的獎盃之多，令松宮大吃一驚。那些全是加賀參加劍道比賽的獲獎紀錄，當中甚至有全日本錦標賽的優勝獎盃。

「阿恭眞的是個優秀的孩子，書又念得好，當了警察之後也立了很多大功。」每次一提到加賀，克子的話就多了起來，約莫也有討隆正歡心的意味，但從她熱切的口吻，聽得出這個姪子讓她相當引以爲傲。

正當母子倆分頭打包裝箱的時候，加賀來了，而隆正恰巧外出。松宮心想，搞不好加賀就是故意挑父親不在時過來，只見他來到松宮母子面前行了一禮，說道：

「姑姑，不好意思，還要您來幫忙。脩平也是，眞的很抱歉。」

「別這麼說，平常都是你爸在照顧我們。」

加賀「嘖」了一聲，「這種事請業者做就好了，怎麼都賴給姑姑和脩平。」

這句抱怨似乎是針對隆正而發。

「對了，阿恭，這些要怎麼處理？送去你住的地方好嗎？」克子像是要轉移話題，問起那些爲數眾多的獎盃。

加賀搖搖頭，「都不要了，跟搬家公司說一聲就好，他們會幫忙丟掉。」

「要丟？可是你爸很珍惜啊，那還是搬到你爸的公寓好了。」

「不用了，留著只是占地方。」

加賀把裝獎盃的紙箱拉過去，拿起一旁的麥克筆，在箱子上面寫了大大的「丟棄」二字。

接著他著手把東西一一裝箱，全都標上「丟棄」，看樣子他這次來的目的，就是要把自己的東西從這個家——也就是隆正身邊，全部清除。

加賀離開之後，隆正回來了。松宮再次覺得他們父子是刻意錯開的。

隆正發現寫著「丟棄」大字的紙箱，卻什麼都沒說。克子告知加賀來過了，他也只是短短應一聲：「是嘛。」

母子倆回到自己的公寓之後，松宮向克子問起加賀父子的關係，他想知道兩人是不是在吵架。

「家家有本難念的經。」當時克子只是這麼回他。松宮聽得出母親似乎知道內情，卻沒有進一步追問，因爲他沒來由地害怕，不敢知道他最尊敬的舅舅有什麼祕密。

接下來好一段時日，松宮一直沒見到加賀。再次見面，是松宮讀大學的時候，地點是在醫院。松宮和克子接到隆正病倒的通知趕到醫院，而通知他們的，是與隆正交好的鄰居棋友。聽說他們原本約好要下將棋，但鄰居一等再等，隆正始終沒現身，於是鄰居前往他

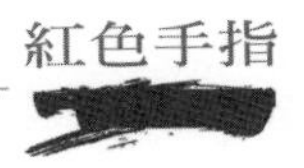

的住處一看，才發現他神情痛苦地蹲坐在廚房。

隆正罹患的是狹心症。在醫院的家屬等候室裡，松宮完全坐不住，他好想衝進診療室探望舅舅。

這時，加賀出現了。一聽克子說隆正似乎是罹患狹心症，他大大地點了個頭說：「那就好。我還擔心要是心肌梗塞就危險了。這樣應該沒什麼大問題，姑姑，妳和脩平先回去吧，路上小心。」

加賀的態度太過冷靜，松宮忍不住說：「恭哥，難道你都不擔心嗎？」

這一問，加賀筆直注視著他說：「如果是心肌梗塞，就有很多事得考慮了。幸好只是狹心症，不會有事的，吃藥就能得到相當程度的改善。」

「話是這麼說，可是……」

這時護理師正好過來通知他們治療完畢，接下來隆正只需依靠藥物，胸口便不會疼痛，不適的症狀也會減緩許多。

由於可以進去探視隆正了，松宮和克子前往病房，加賀卻沒同行，他說想去向醫師詢問隆正的病況。

來到病房，隆正看上去確實精神還不錯，臉色雖然不太好，但已不見痛苦的神情。

「之前胸口就偶爾會痛，我應該早點來看醫生的。」隆正說著笑了。

克子沒告訴他剛剛加賀來了，松宮也就沒提，心想反正等一下就會出現吧，沒必要特別提起。

然而加賀終究沒有踏進病房。後來松宮問護理師，才曉得加賀聽完主治醫師的說明就直接離開了。

松宮大爲憤慨，不由得把氣出在克子身上。

「這未免太過分了吧！爲什麼他不來探望舅舅直接就走！」

「阿恭是上班中抽空來的，得馬上趕回去吧。」克子替加賀說話。

「就算是這樣，連聲招呼都不打算什麼！他是舅舅的親生兒子耶！」

「就說他們有他們的苦衷嘛。」

「有什麼苦衷！」

看松宮氣憤難平，克子終於鬆口。事情與隆正的妻子有關。

既然有兒子，隆正當然結過婚。松宮以爲一直不見舅媽是因爲她早逝，直到此刻聽克子說才曉得，隆正的妻子在二十年前離家出走了。

「當初她離開時留有字條，所以能確定的是，她並不是出了意外或是被擄走的，雖然有傳聞說她是爲了男人離家，卻沒人曉得眞相如何。她離開的時候，你舅舅忙著工作一直不在家，當時還是小學生的阿恭則是跟著劍道道場的同學去信州暑訓了。」

「舅舅沒去找舅媽嗎？」

「我想找是找過了，但詳情我沒問。他們父子的關係就是從那時變差的，阿恭什麼都沒說，不過他似乎認為母親會離家出走，都要怪你舅舅，因為你舅舅是個完全不顧家庭的人。」

「舅舅不顧家庭？可是他明明對我們這麼好？」

「他聯繫上我們的時候，已不當警察。而且你舅舅大概是覺得自己沒能當個好丈夫、好爸爸，心裡也有幾分懊悔吧。」

聽到這段出乎意料的過往，松宮終於明白加賀父子之間為什麼會那麼彆扭，但松宮還是無法不站在隆正這一邊，他甚至心想：不過是母親離家出走而已，對親生父親那種態度算什麼嘛。

「後來沒找到舅媽嗎？」松宮問。

克子略微遲疑，語氣沉重地說：「五、六年前接到通知，說你舅媽去世了。原來她一直在仙台一個人過日子，是阿恭去把骨灰迎回來的。」

「恭哥去處理的？舅舅呢？」

「我也不清楚，不過好像是阿恭堅持要獨自去。你舅媽過世後，感覺得出他們父子關係變得更差了。」

「舅媽是怎麼去世的？」

「聽說是生病，詳情我也不清楚。阿恭不肯說，我也不方便問。」

「可是，那不是舅舅害的吧？」

「話是這麼說，但站在阿恭的立場，心底總是會有疙瘩吧。不過他們畢竟是父子，總有一天一定能夠彼此諒解。」

克子的話，在松宮聽來是太樂觀了。

之後隆正的病情很快好轉，不久便出院恢復先前的生活了，雖然必須定期回醫院複診，對於日常生活並沒有太大的影響。

松宮讀大學時，仍不時去探望隆正，多半是去找他商量學業問題和畢業出路。在松宮的心中，隆正形同父親，當松宮決定要走警察這條路時，也是第一個就向隆正報告。

當時隆正坐在日照良好的窗邊下棋，那大概是所謂的「連將殺」下法吧，松宮對將棋規則其實一竅不通。

他當舅舅的酒伴，聊起將來的夢想。聽到外甥選擇和自己同樣的職業，隆正似乎很開心，笑瞇了眼，頻頻點頭。

隆正的住處收拾得相當整齊，但說難聽一點，就是冷清。松宮在他家時，從沒聽過電話鈴聲響起，也不見有訪客。

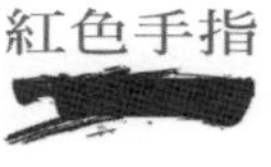

「最近沒和鄰居下棋嗎？」松宮望向放在房間角落的棋盤問道。

「嗯，最近沒下，大家似乎都很忙。」

「我也來學將棋好了，這樣就能陪舅舅下棋。」

聽松宮這麼說，隆正連連搖手。「千萬不要。有空去學那種東西，不如去玩電腦還比較有用。聽說現在的警察，電腦技能也得要有兩把刷子才行。何況，我又沒特別想找人下棋。」

舅舅這麼一說，松宮也不好請舅舅教他將棋了，而且就算去外頭學，隆正恐怕也不會高興吧。

然而，每當看到隆正的皺紋一年比一年多，原本精壯的身體也愈來愈瘦，松宮總會感到一股難以言喻的焦慮。他絕對不能讓這位大恩人成爲孤單老人。

既然加賀表哥不可靠，就由我來照顧舅舅吧！——就在松宮下定決心時，隆正再度倒下。這次是碰巧去探望哥哥的克子發現他高燒不退，一直躺在床上。隆正說大概是感冒，但克子覺得情況不妙，叫了救護車。

松宮得知消息連忙趕到醫院，醫師當場告訴他們，隆正罹患的是膽囊癌，已擴散到肝臟和十二指腸，發高燒的直接原因多半是膽管發炎，而且隆正的病情已進展到第四期，動手術也不可能切除乾淨，再加上隆正還有心臟病，虛弱的體力根本無法負荷。

這件事克子當然也轉告加賀了，但令人訝異的是，到了這個地步，他還是不願意來探病，倒是向克子說了些住院費用由他付、可以請看護照顧之類的話。

松宮無法理解加賀的想法，就算過去父子之間有什麼心結，爲父母送終不是身爲子女的本能嗎？

松宮出神地想著這些事，一旁隆正的呼吸突然變得紊亂，很快地轉爲咳嗽。松宮慌張地伸手要去摁枕邊的呼叫鈴，隆正忽地微微睜開眼，咳嗽也停了。

「呃……」隆正發出虛弱的聲音。

「還好嗎？」

「喔……脩平啊，你怎麼來了？」

「想來看看舅舅。」

「工作呢？」

「今天的部分先告一段落了，現在都十二點了。」

「那你趕快回家吧，刑警能休息的時候就要休息，不然鐵打的身子也撐不住。」

「嗯，我這就回去。」

松宮思忖著，要不要把這次和加賀同組辦案一事告訴舅舅？但他又怕隆正聽到後會心情激動，因爲隆正不可能不關心兒子。

然而，就在松宮猶豫不決之際，隆正再次發出規律的鼻息入睡，也沒再咳嗽了。

松宮悄悄起身，在內心對睡夢中的隆正說——我一定會把恭哥帶來！

20

昭夫瞥向鬧鐘，時間是上午八點多，所以他睡了大約三小時。由於遲遲無法入睡，他一直喝淡淡的威士忌兌水喝到清晨五點左右。考慮到今天要做的事，他無法喝個爛醉，話雖如此，少了酒精的力量，他實在無法熬過這一夜。

腦袋昏昏沉沉的。這三小時雖然睡著了，卻遠遠稱不上熟睡，他還記得自己翻了好幾次身。

八重子背對著他躺在被窩裡。最近她的鼻息很大聲，有時甚至可用「打鼾」來形容，這個早上卻十分安靜，她的肩膀與背部也是動也不動。

「喂……」昭夫叫喚。

八重子緩緩翻身面向他，神情陰鬱。因爲遮光窗簾的緣故，看上去更陰沉了，唯有一雙眼瞳微微反光。

「睡著了嗎？」他問。

八重子的頭動了動，像是把臉頰抵在枕頭上，看來是在搖頭。

「嗯，不可能睡得著吧。」昭夫坐起身，活動頸部，關節發出「啵嘰啵嘰」的聲響，他覺得自己宛如一架快報銷的老機器。

他伸手拉開窗簾。命運之日的早晨，天空被厚厚的雲層覆蓋。

「老公，」八重子說：「我們的計畫，什麼時候進行？」

昭夫沒回答，因爲他也在思考這件事。這個計畫一旦執行，就無法回頭。所有步驟都必須準備周全，全家人的口徑也必須統一——除了一人之外。

「老公……」

「聽見了啦。」昭夫不悅地回道。自從提出這個計畫之後，他對妻子的口氣變得非常嚴厲。兩人這般的強弱立場，可能是婚後首見吧，原因十分明顯，因爲他很清楚妻子將一切都託付在他身上。事到如今，他仍不免後悔，爲什麼自己不早在別的事情上當一個如此值得信賴的丈夫呢？

他把窗簾再拉開一些，不經意地俯瞰窗外，發現二十公尺外的路上停著一輛轎車，裡面有人。

昭夫一驚，拉上窗簾。

「怎麼了？」八重子問。

「有刑警。」他說。

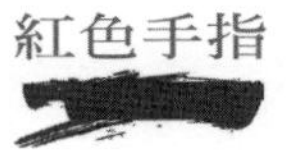

「刑警？朝我們家走來嗎？」

「不是。他們把車停在路邊，人在車子裡。八成是在監視我們。」

八重子的臉色變了，從被窩爬起來，想去拉開窗簾查看。

「不要拉開！」昭夫說：「別讓他們知道我們發現被監視了。」

「現在該怎麼辦？」

「不能怎麼辦。最好在他們上門之前先下手爲強。直巳起來了嗎？」

「我去看看。」八重子立即起身，稍微梳理凌亂的頭髮。

「叫他把那個人偶拿下樓來，絕對不能留在他的房裡。其他的妳都處理掉了吧？」

「你放心，我都拿去很遠的地方丟了。」

「再仔細檢查最後一遍，一個也不能留。那些東西一旦被發現就完蛋了。」

「我知道。」

八重子走出房門，昭夫也站起身，突然一陣暈眩。他單膝跪地緩了一緩，很快就不暈了，但接著又反胃想吐。他打了個大嗝，呼出一口臭氣。

他心想，沒有比這更糟、更慘的一日之始了。

21

春日井一家所住的公寓大樓，距離大馬路約一百公尺，是一棟還很新的六樓建築。春日井家位在五樓。

儘管加賀與松宮是上午前來拜訪，春日井忠彥仍立刻請兩人進屋，應該是希望能對搜查有所幫助，於是積極配合吧。和昨天初次見面時相比，春日井的情緒平靜許多。

「請問夫人的情況還好嗎？」松宮問道。在集會所隔著拉門聽到的宛如風吹過縫隙的空虛哭聲，猶在耳際。

「她在房裡休息，要叫她過來嗎？她自己也說可以回答警方的詢問了。」春日井說。

松宮認爲還是不要太勉強，一旁的加賀卻馬上回道：「那就麻煩您了。」

「好的，請稍等，我去叫她。」春日井走出客廳。

「這樣對春日井太太很殘忍。」松宮低喃。

「我也這麼覺得，可是沒辦法，最清楚被害者日常生活狀況的是母親，父親平常都在上班，問不出什麼的。」加賀說著，一面環視室內。

松宮跟著觀察起四周。這是個西式的起居間，精巧的餐廳緊鄰著客廳沙發區，大螢幕的液晶電視旁有座收藏架，擺著成排的動畫ＤＶＤ，可能是被害者愛看的動畫吧。

餐桌上放著兩個便利商店便當，一個吃了一半，另一個完全沒動過。松宮猜想，那大概是他們夫妻昨天的晚餐。

春日井回到客廳，身後跟著一名瘦削女子，長髮束在腦後，戴著眼鏡，幾乎沒化妝，只塗了口紅，可能是剛剛才塗上去的。女子的臉色不太好。

「這是我太太奈津子。」春日井介紹道。

奈津子點頭致意後，看向兩名刑警身前的桌面。「老公，你怎麼連茶都沒端給客人……」

「不用了，兩位別忙。」加賀立即說道：「春日井太太，請坐。眞抱歉，在您休息的時候來打擾。」

「請問……調查有沒有進展呢？」奈津子細聲問。

「有部分進展，但還有許多需要釐清的疑點，其中之一便是優菜小妹妹單獨外出的原因。請問這樣的情況經常發生嗎？」

奈津子緩緩眨了眨眼後，開口：「我跟她說過很多次，外出一定要告訴我，但她還是很愛自己跑出去，上小學之後更是如此，好像都是和朋友約在外面玩。」

「星期五那天也是這樣嗎？」

「我想那天不太一樣。她平常一起玩的朋友，我們全都問過了，那天沒人和優菜有約。」

「據說優菜小妹妹途中買了冰淇淋。她會是爲此出門嗎？」

奈津子想了想，回道：「家裡冰箱就有冰淇淋，我想她應該不會專程爲了買冰淇淋而跑出去。」

加賀點點頭，「優菜小妹妹有手機嗎？」

奈津子搖了搖頭，「我想說她年紀還小，沒必要這麼早給她手機……早知如此，我應該讓她帶支手機在身上……」說著，她眼鏡後的雙眼泛起淚光。

「有手機並不能保證孩子的安全，有時候反倒容易引來危險。」加賀安慰般如此說道，接著又問：「請問優菜小妹妹的朋友當中，有人有手機嗎？」

「好幾個人有。」

在一旁聆聽的松宮暗忖，那一定是父母幫年幼的子女辦的，希望能爲孩子的安全增添一層保障，因爲最近有些手機附有可定位的ＧＰＳ功能。但就像加賀所說，因爲帶著手機反倒吸引歹徒的例子也不是沒有。

「優菜小妹妹有自己的房間嗎？」加賀問。

「有的。」

「方便讓我們看一下嗎？」

奈津子望向丈夫，確認道：「可以吧？」

「帶兩位去看看吧。」說著，春日井站了起來。

優菜的房間是兩坪多的西式房間，窗邊有書桌，床靠牆放，書桌和床都很新。

最引人注意的，是書架上的一整排公仔，全是某人氣動畫裡的角色。松宮也曉得市面上推出了這齣動畫角色的各種造形公仔。

「優菜小妹妹是超級公主迷吧？」松宮問道。

「是的，她從以前就非常喜歡……」奈津子哽咽著回答。

「超級公主？」加賀一臉不解。

「就是這個動畫角色，名叫『超級公主』。」松宮指著其中一具公仔。

「電視旁邊架上的ＤＶＤ也是這齣動畫嗎？」

「是的，她每天都要看。」奈津子回答：「她也很沉迷於蒐集公仔，經常吵著要我們買給她。」

加賀走近書桌。整理得乾乾淨淨的桌面，放著一個小學生的名牌，大概是上學必須別在衣服上的吧，外出時通常會拿下來。

加賀看著名牌好一會，回身問道：「這是……？」

「那是學校的名牌。」奈津子回答。

「不，我是指寫在背面的這些文字，看起來像是電話號碼和電子信箱？」

加賀將名牌翻過來拿到夫妻倆面前，松宮探頭一看，背面的確以簽字筆寫下類似手機號碼和電子信箱的文字。

「這是我們夫妻的手機號碼和電子信箱。」春日井解釋。

「兩位都有手機吧？」

「有的。我們把號碼寫在名牌背面，方便優菜隨時和我們聯絡。」

「共有三個電子信箱？」

「兩個是手機的，一個是電腦的。」

加賀點點頭，凝視著名牌背面，突然想到什麼似地抬起頭說：「請問府上的電腦在哪裡？」

「在我們夫妻的房間。」

「優菜小妹妹會使用嗎？」

「我們會一起上網。」

「她曾獨自操作電腦嗎？」

「我想應該沒有——沒有吧？」春日井向妻子確認。

「我沒看她自己用過。」奈津子也是同樣的回答。

「春日井先生，您最後一次使用電腦是什麼時候？」

「昨天晚上，只是收一下電子郵件而已。」

「有沒有覺得哪裡和平常不太一樣？」

「不太一樣？」

「好比說，收到陌生寄件者的來信之類的。」

「沒有。請問……電子信箱有什麼問題嗎？」

「沒事。」加賀搖搖手，「現在還說不準，只不過，看狀況可能需要調查貴府的電腦，到時方便請您將電腦暫時交給我們保管嗎？」

「只要對破案有所幫助，當然沒問題……」春日井依舊一臉狐疑。

「不好意思，詳細原因之後會再向您說明。」加賀看了看手表，「打擾這麼久，眞是抱歉。感謝兩位的配合，幫了大忙。」

春日井夫妻頷首回禮，除了悲傷，兩人的臉上還多了一絲疑惑。

「打電話給小林先生吧。」兩人一走出公寓大樓，加賀隨即說道：「請鑑識課查一下春日井先生的電腦。」

「你的意思是，被害者可能透過電腦和凶手聯絡？」

「有這個可能。」

「可是按照被害者父母的說法，她不曾自行使用電腦啊。」

加賀一聽便聳起肩，頻頻搖頭，回道：「父母的話不能算數。孩子的成長，遠比父母意識到的要迅速許多。當孩子發現祕密樂趣時，更是如此。有樣學樣地學會收發電子郵件，再刪得不留痕跡，這對電玩世代的小朋友來說，根本不算什麼。」

松宮不得不同意加賀的說法。只要看看現今的少年犯罪，這種現象可說是再明顯不過。

松宮拿出手機準備打給小林主任，還沒撥號，手機就響了。「喂，我是松宮。」

「是我，小林。」

「主任，我正想打電話找您。」松宮轉述了加賀的推論。

「我明白了。那我馬上派鑑識人員過去。」

「我們要留在這邊嗎？」松宮問。

「不，我要你們馬上趕去另一個地方。」

「哪裡？」

「前原昭夫家。」

「有什麼發現嗎？」

「不是，是前原先生主動聯絡我們的。」

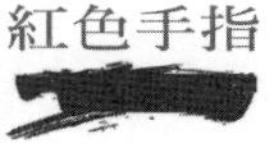

「前原先生？」松宮握著手機，望向加賀。

「前原昭夫說，關於銀杏公園的案子，他有事要告訴我們，希望我們馬上派人過去。」

22

上午十點剛過不久，門鈴響起。

隔著餐桌對坐的前原夫婦，凝望著彼此。

八重子無言地站起來，拿起對講機聽筒，低聲開口：

「喂……是。請稍等，我馬上開門。」她把聽筒掛回去，神情僵硬地看著昭夫說：

「來了。」

昭夫「嗯」了一聲，從椅子上起身。「在哪裡談比較好呢？」

「和室就可以了吧？」

「也對。」

昭夫來到玄關開了門，兩名體格良好的男子就站在外頭——刑警加賀與松宮，兩人都是熟面孔了。或許是他在電話中只說有事要告訴警方，所以警方派了他見過的刑警來處理。

「不好意思，勞煩兩位跑這一趟。」昭夫行了一禮。

「聽說您有重要的話要告訴我們？」松宮說。

「是的。呃……在這裡說話不太方便，先請進吧。」昭夫將玄關門敞開，請刑警們入內。

「打擾了。」兩位刑警說著進到屋裡。

他將兩人帶到三坪大的和室，身材高大的兩名刑警拘束地端正跪坐。

八重子端茶進來。兩名刑警點頭致謝，卻沒伸手拿茶杯，可能是想盡快聽這對夫婦說明請警察來的目的吧。

「請問銀杏公園那件案子，調查得怎麼樣了？」八重子客氣地問。

「才剛開始而已，目前正在蒐集各方面的情報。」松宮回答。

「有線索了嗎？」昭夫問。

「嗯，有是有……」松宮訝異地望向昭夫，又望向八重子。

加賀拿起茶杯啜了一口，再度抬頭看著昭夫。那是一雙會看穿人心的眼睛，目光之銳利，嚇得昭夫內心直打顫。

「你們警方調查過草皮吧，包括我們家的草皮。」昭夫說：「有什麼發現嗎？」

松宮略微遲疑地望向身旁的加賀。加賀開口：「屍體上有草屑附著，我們目前正在進行比對。」

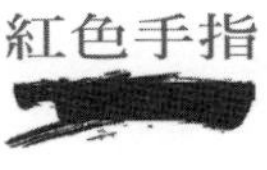

「這樣啊……那麼，我們家的草皮如何？比對結果一致嗎？」

「您爲什麼想知道這一點呢？」

「應該是一致吧？」

加賀沒有立刻回答，一副在思索該肯定還是否定的表情。「如果一致呢？」

聽到加賀這麼說，昭夫深深嘆了一口氣。「果然請警方過來是對的。不管怎樣，終究是瞞不住了。」

「前原先生，您究竟——」松宮難掩內心焦急，傾身向前。

「加賀先生、松宮先生，」昭夫挺直背脊，雙掌抵著榻榻米，深深行了一禮：「眞是對不起！把小女孩屍體棄置在公園廁所的……就是本人。」

昭夫感受著宛如從懸崖一躍而下的絕望，再也無法回頭了。另一方面，他也有種自暴自棄的心情，這下眞的豁出去了。

厚重的沉默主宰了狹小的房間。昭夫仍低著頭，不知道兩名刑警此刻是什麼表情。

他聽到身旁的八重子在啜泣。她一面哭，一面低喃著「對不起」，沒多久昭夫察覺她也低下頭致歉。

「您的意思是，是您殺害那個小女孩？」松宮問道。昭夫從刑警的語氣中聽不出驚訝，或許他們早料到會是與命案有關的自白。

「不……」昭夫抬起頭，只見兩名刑警的神情比方才更加嚴峻。「不是我，但……凶手的確在我們家。」

「是您的家人嗎？」

「是的。」昭夫點頭。

松宮緩緩望向低著頭的八重子。

「不，也不是我太太。」昭夫說。

「那麼……？」

「其實，」昭夫吸了一口氣，甩開內心僅剩的一絲遲疑，說了出來：「是家母。」

「令堂？」松宮蹙起眉頭，似乎有些疑惑，看向身旁的加賀。

加賀開口：「您說凶手是您的母親？」

「是的。」

「就是我昨天見過的那位女士吧？」加賀再三確認。

「是。」昭夫點了點頭，心跳加遽。

眞的要這麼做嗎？——猶豫的心情在他胸口翻騰。

只能這麼做了！——他叫自己甩開猶豫。

「刑警先生，您第一次上門時，拿了那個小女孩的照片來問我們，我們夫婦都回說沒見過她，是吧？」

「嗯。」加賀點點頭，「其實你們見過她嗎？」

「是的，事實上我太太見過她幾次。她來過我們家後院。」

「後院是嗎？」加賀看向八重子。

八重子垂著頭，緩緩地說：「有好幾次，我看到她在後院緣廊玩我婆婆的娃娃。我們家後院有道木門，她似乎是從那裡進來的，她說是透過圍牆縫隙看到我婆婆的娃娃，便要我婆婆借她玩。不過，我不知道她是哪戶人家的孩子。」

兩名刑警對望一眼。

「請問令堂現下在哪裡？」松宮問。

「在她房裡。房間在後面。」

「可以讓我們見她嗎？」

「嗯，當然可以。只不過……」昭夫輪流看了看兩名刑警，「如同之前對兩位說過的，家母已是那種狀態，我不確定她能不能好好與人對話，她連自己做過的事都不記得了……所以，我想……可能沒辦法要她回答問題。」

「這樣啊。」松宮望向加賀。

「我們明白，但還是希望您能帶我們進去見見令堂。方便嗎？」加賀說。

「啊，好的。兩位這邊請……」

昭夫一站起來，刑警們也跟著起身。八重子依舊低著頭。

來到走廊，往屋子後方走，走廊盡頭是一道拉門。昭夫輕輕開了門，這是個冷清的房間，只擺著一座舊五斗櫃和小小的佛壇，從前還有梳妝台和許多家具，但自從政惠得了失智症，八重子便把那些舊東西陸續處理掉了。之前她就常叨念著，等政惠走了，她打算接收這個房間，當他們夫婦的寢室。

面對後院的緣廊上，政惠蜷起身子蹲坐著，似乎壓根沒察覺房門打開了，兀自對著放在身前的洋娃娃念念有詞。那是一個又舊又髒的法國洋娃娃。

「這是家母。」昭夫說。

刑警們沒作聲，似乎在考慮該如何應對。

「可以和她說說話嗎？」松宮問。

「可以是可以……」

松宮走到政惠身邊，彎下腰，一副要看那洋娃娃的姿勢。「您好。」

政惠沒回答，看也不看刑警一眼，自顧自地拿起洋娃娃，撫著洋娃娃的頭髮。

「眞抱歉，家母就是那副樣子。」昭夫對加賀說。

只見加賀盤起胳膊，凝望著眼前的情景，不一會，他對松宮說：「我們先讓前原先生

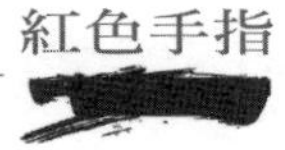

把話說完吧。」

松宮直起身子，點點頭，回道：「說的也是。」

目送加賀與松宮走回方才的和室之後，昭夫才關上拉門，政惠仍撫摸著洋娃娃的頭髮。

「那天我回到家應該是傍晚六點左右，因爲打工下班的時間是五點半。然後，我想去看一下婆婆的情況，一進她的房間我就嚇了一大跳，只見一個小女孩癱倒在房間中央，一動也不動。婆婆則在緣廊上把玩一個壞掉的娃娃。」

聽著八重子的陳述，兩名刑警都寫下筆記。松宮似乎記得很仔細，加賀可能只記重點，動筆的時間很短。

「我過去推了推小女孩，她好像沒在呼吸，我馬上就知道她死了。」

昭夫聽著八重子的描述，冷汗從腋下流下。

這是他們夫婦共同編出的謊言，兩人反覆檢查了好幾次，再三確認沒有矛盾、沒有不自然、沒有會讓警方起疑的部分。但這終究是外行人捏造的情節，搞不好在刑警這樣的辦案專家眼中，處處是破綻。即使如此，現在只能堅持到底，因爲他們只有這條路可走了。

「我問婆婆這孩子發生了什麼事，婆婆還是老樣子，沒辦法好好回話，她似乎連我的問題都聽不太懂。我不斷追問，她才終於回答，那個小女孩弄壞了她的寶貝娃娃，所以她處罰了小女孩。」

「處罰？」松宮疑惑地偏頭。

「我想……」昭夫插嘴：「那大概就像小朋友之間打打鬧鬧的狀況吧。我不知道那個小女孩做了什麼，但她恐怕是惹家母生氣了。也有可能是她鬧得太過分，我不確定，總之，我想家母只是打算給她一點懲罰，沒想到失手掐死她。家母雖然年邁，力氣卻很大，年紀那麼小的女孩可能掙脫不開吧。」

儘管話出自自己口中，昭夫卻不確定內容聽起來有幾分可信度。這種故事，刑警會相信嗎？

松宮看著八重子，問道：「所以，前原太太您接下來的行動是……？」

「我打電話給外子。」她回答：「差不多是六點半左右。」

「您在通話中詳述了整件事嗎？」

「沒有……我實在不知道要怎麼解釋，我只是催他盡快回家。還有，外子的妹妹晚上固定會來照顧婆婆，所以我要外子請她當天先不用過來。」

這部分是眞的。可能是因爲如此，八重子敘述起來相對流暢了些。

「前原太太，」松宮看著八重子說：「發現出事的當下，您心裡是怎麼打算的？沒想到要報警嗎？」

「我當然想過，可是我覺得還是先和外子商量比較好。」

「那麼，前原先生回到家之後，也看到屍體了？」

昭夫點點頭，「我非常吃驚。聽完來龍去脈，我只覺得眼前一片黑。」

這也是眞的。

「所以呢？是誰提議棄屍的？」松宮的提問直指核心。

八重子瞄了昭夫一眼。昭夫察覺她的視線，吸了一口氣之後，應道：

「也不算是誰提議的，事情自然而然就演變成那樣了。我們確實討論過，要是報了警全家勢必得搬離開這片土地、如果瞞得住眞想瞞過去之類的，談著談著，我們想到要是把屍體搬去別處，或許有機會瞞過警方……不過，我們實在太天眞，做了非常不應該的事。」

昭夫說著，心想之後這個家只能賣掉了。可是出過命案的房子，誰會買呢？

「爲什麼選擇銀杏公園？」松宮問。

「沒有特別的原因，只是一時想不出更好的地方而已，加上我們家沒有車，沒辦法運到遠處去。」

「什麼時候運過去的？」

「等夜深之後我才出門，所以是事發的隔天，記得是半夜兩點還是三點吧。」

「那麼，」松宮拿起筆，「能否麻煩您盡可能詳細描述當時的情形？」

23

前原昭夫斷斷續續述說的模樣，看上去不像演技，只見他痛苦地緊皺眉頭，嗓音嘶啞。他的妻子在一旁垂著頭，不時吸鼻子啜泣，頻頻用來擦拭眼角的手帕也溼透了。

關於棄屍過程的細節，前原的供述極具說服力，尤其是想按馬桶手把沖水卻發現沒水，只好雙手捧水、往來洗手台與馬桶之間這一段。因爲棄屍現場的馬桶水箱故障一事，媒體報導中並未提及。

他描述在過程中感受到的恐懼與焦慮，也十分傳神。儘管發現女童衣物上可能有草屑附著，但他一心想及早離開現場，沒徹底清除乾淨，這一點也相當合理。那些草屑，是將屍體放入紙箱前，暫時放置在院子而附著上去的。

「刑警先生，你們上門了好幾次，還詢問我們全家人的不在場證明，那時我就知道，再也瞞不下去了，於是我們夫婦商量之後，決定坦誠招供。眞的很對不起，給警方添麻煩了。我們也必須向那個小女孩的雙親謝罪才行。」前原昭夫說完，雙肩無力地垂下。

松宮望向加賀說：「我去跟署裡聯絡。」

加賀沒點頭回應，一副若有所思的神情，微微偏頭。

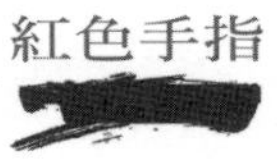

「怎麼了？」

加賀沒理會松宮，對著前原說：「方便讓我們再見見令堂嗎？」

「當然可以，不過就像您剛才看到的，她實在沒辦法正常對話——」

不等前原說完，加賀便站了起來。

一行人和方才一樣穿過走廊，前原打開政惠房間的拉門，只見她仍待在緣廊上，雖然望著院子，卻不知在看什麼。

加賀走過去，在她的身旁坐下。「妳在做什麼？」加賀的語氣宛如和孩童說話般溫柔。

政惠毫無反應，或許是完全沒意識到旁人的存在，因此無論誰來到身邊她都毫無警覺。

「刑警先生，沒有用的。」前原說：「別人講什麼，她好像都聽不見。」

加賀回頭朝前原豎起手掌，示意他先別說話，接著對著政惠笑了笑，問道：「妳有沒有看見一個小女孩啊？」

政惠微微抬起臉，但並不是看向加賀。

「下雨了。」她突然開口。

加賀「咦」了一聲。

「雨啊。下雨了，今天不能到山上去了。」

松宮望向外頭，根本一滴雨也沒下，只有風沙沙地吹動樹葉。

「只能在家裡玩了啊。對了，我得化妝才行。」

「沒用的，她只會說些莫名其妙的話，這就是失智老人退化爲幼兒的症狀。」前原出聲。

然而，加賀依舊沒起身，注視著政惠的面容。

他的視線稍微往下移，接著拾起政惠身旁的一樣東西。松宮發現那是一團布般的東西。

「這是手套吧？」加賀說：「就是她之前撿起來的那雙嗎？」

「我想應該是的。」前原回答。

「之前？」松宮問。

「昨天我第一次上門拜訪時，剛好看到老奶奶在院子撿起一雙手套，就是這雙。」加賀解釋。

「不知道她爲什麼如此中意這雙手套，一直戴著不肯脫下來。現在又丟到一旁，大概是玩膩了吧，跟小朋友一樣，實在搞不懂她在想些什麼。」前原的語氣中帶著放棄的意味。

加賀盯著手套一會，整齊疊好放回政惠身邊，接著環顧室內。「令堂平常都待在這個房間？」

「是的，除了上廁所之外，幾乎都待在這裡。」

「出事之後，令堂出過門嗎？」加賀問。

前原搖頭，「都沒出去。應該說，家母自從痴呆之後就不再出門了。」

「原來如此。不好意思，請問你們夫婦的寢室在哪裡？」

「二樓。」

「令堂會上二樓嗎？」

「不會。家母好幾年前傷了膝蓋，還沒痴呆就無法爬樓梯了。」

聽著兩人的對話，松宮思考著加賀這些提問的含意。他不明白加賀爲何不立即向專案小組報告，但有前原在場，他不能開口詢問。

加賀起身在房間內走來走去，似乎在查看什麼，目光掃過每一個角落。

「請問有什麼不對勁的地方嗎……」前原似乎忍不住了，他也無法理解加賀究竟想幹什麼吧。

「被那個小女孩弄壞的娃娃，處理掉了嗎？」加賀問。

「沒有，收在這裡。」前原打開壁櫥，拉出下層的箱子。

松宮探頭往箱中一看，驚訝得睜大雙眼，他抬起整個箱子，抱到加賀身邊。「恭哥，這是……」

箱裡裝的是一具和春日井優菜的收藏品同款的公仔，被扯下的手臂掉落在一旁。

加賀瞄了箱裡一眼，問前原：「這娃娃是怎麼來的？」

「大概是去年吧……是我買的。」

「您買的？」

「您也看到了，家母變得和小朋友一樣，會想要玩娃娃，所以我去百貨公司買了這娃娃給她，聽說是很受歡迎的卡通人物，但我不懂這些。不過家母似乎不太中意，一直沒看她拿出來玩，後來大概是在什麼機緣下又翻了出來，卻陰錯陽差地演變成這樣的結果……」

松宮想起春日井優菜房裡的公仔，心想優菜小妹妹或許是熱中於蒐集超級公主的公仔，在偶然的情況下看到這娃娃，不由得走進了不認識的人家吧。

「您還沒把這件事告訴令妹嗎？」加賀問前原。

「還沒。事情變成這樣，實在很難說明……但我遲早都得告訴她。」

「令妹從星期五之後就沒來過吧？那麼，令堂由誰照顧呢？」

「是我和我太太，其實也算不上照顧，因為家母自行上廁所什麼的都沒問題。」

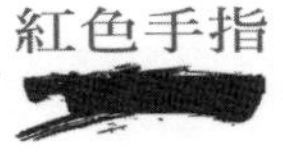

「三餐呢？」

「送來房間給她。」

「令堂是獨自用餐嗎？」

「是的。不過因爲她吃三明治，備餐並不麻煩。」

「三明治？」松宮不禁問道。

「昨天我把舍妹擋在門口時，舍妹交給我的，她說家母這陣子很愛吃三明治。」

松宮望向房間角落的垃圾桶，裡面有三明治的外包裝和牛奶的方形空盒。

加賀交抱雙臂，望著政惠的背影，不久轉身面向松宮說：「請前原先生讓我們看看院子吧。」

「院子？」松宮問。

「按照前原先生的說法，他是在院子將被害者的屍體裝進紙箱的。我想看一下現場。」

松宮點點頭，卻不明白加賀的目的。查看院子有什麼意義嗎？

「麻煩兩位先待在這裡。」加賀對前原夫婦說完，轉身走出政惠的房間，松宮連忙跟上去。

來到院子，加賀蹲下撫著草皮。

「草皮的部分還有什麼需要調查的嗎？」松宮問。

「那是藉口，我是想跟你討論一下。」加賀依舊蹲著。

「討論？討論什麼？」

「我希望你能晚一點再聯絡專案小組。」

「咦？」

「聽了他們的自白，你覺得如何？」

「當然是大吃一驚啊，沒想到凶手竟是那位老奶奶。」

加賀以指尖捏住院子裡的草，直接拔起來，注視半晌之後，「呼」地一口氣把草吹掉。

「你覺得他們的自白全是眞的嗎？」

「你的意思是，他們說謊？」

加賀站起來，朝前原家的玄關外頭瞥了一眼，悄聲說：「我不覺得他們說的是實話。」

「會嗎？可是前後都說得通啊。」

「那是當然了。昨天他們大概是花了一整天，編造出一個合情合理的故事吧。」

「現在就認定他們說謊未免太早了吧？就算是謊話，也應該先向專案小組報告。要是他們有所隱瞞，透過之後的偵訊，一定查得出來。」

松宮的話才說到一半，加賀就頻頻點頭，像在表示這些他當然知道。

「主導權在你。若是你無論如何都要在這個時間點向上級報告，我也阻止不了。只不過，希望你能讓我和石垣組長或小林主任談談，我有事想拜託他們。」

「什麼事？」

「抱歉，我現在沒辦法詳細告訴你。」松宮感到一陣焦躁襲來，自己似乎被當成菜鳥了。加賀彷彿早就料到他的心思，繼續說：「只要直視他們一家，好好面對，你一定能察覺真相。」

加賀都這麼說了，松宮無法反駁，只好帶著滿腔的疑惑與不滿，拿出手機。

電話是小林主任接的。松宮報告完前原昭夫的自白之後，轉達了加賀的意願，小林主任便要加賀來聽電話。

加賀接過手機，稍微離開松宮幾步，低聲與小林主任交談了起來。過了一會，加賀走回來，將手機遞給松宮說：「小林先生有事和你說。」

松宮接過手機。

「事情的來龍去脈我都曉得了。」小林主任說。

「接下來該怎麼行動？」

「我再給你們一點時間。加賀似乎有一些考量，你就配合他吧。」

「不用把前原他們帶回警署嗎？」

「我就是要你先緩一下，組長那邊由我來解釋。」

「好，我知道了。」松宮正要掛電話，又聽到小林主任喊住他：

「松宮，你要仔細觀察加賀是怎麼做的，因爲接下來你將親眼見識到一段非常難能可貴的調查過程。」

松宮思索著這句話的含意，一時沒作聲，只聽見小林主任說了一聲「好好幹！」，電話便掛斷了。

松宮問加賀：「到底是怎麼回事？」

「你遲早會明白。我現在只能告訴你，身爲刑警，並不是解開眞相就算破案了。什麼時機解開、怎麼解開，也非常重要。」

松宮不懂他的意思，皺起眉頭。加賀見狀，定定地直視他繼續說：

「眞相就隱藏在這個家裡，不應該在警方的偵訊室裡逼問出來，而是必須在這個家裡，由他們自己來揭曉。」

24

兩名刑警在院子裡談些什麼，昭夫毫無頭緒。事到如今，院子還有什麼好調查的？他回想著自己與妻子的自白，沒有會讓刑警起疑的部分吧？他覺得應該沒有矛盾之處，除了殺人的是直巳而不是政惠，方才所述幾乎都是事實。

「老公，你覺得他們在做什麼？」八重子似乎在擔心同樣的事，不安地問。

「不知道。」昭夫簡短應聲，望向母親。

政惠依舊背對著房間，蜷起身子蹲坐在緣廊，宛如石頭般動也不動。

就這樣了。只能這麼做——昭夫再次告訴自己。

他們正在進行的這個計畫有多罪惡，他當然比誰都清楚。即使動機是爲了隱瞞兒子的罪行，做出嫁禍給親生母親這種事，簡直是豬狗不如。他心想，倘若地獄眞的存在，自己死後一定會被打入十八層地獄。

然而，除此之外，他想不出有什麼辦法能夠脫離眼前的困境。一名失智老人殺了人，社會上的批判會減少幾分吧。如果人們能解讀爲這是高齡化社會導致的悲劇，順利的話，或許社會大眾還會同情、接納前原一家，對直巳將來的負面影響也可望減到最低。

反之，若眞相被揭穿，會有什麼結果？直巳這輩子都擺脫不了殺人的罪名，身爲雙親的自己與八重子也會被視爲無力阻止兒子暴行的無能之人，飽受世間輕視與責難。不管他們搬去哪裡，一定會有人挖出這樁舊事，進而孤立前原一家吧。

他覺得非常對不起政惠，但她應該不曉得自己被陷害了。昭夫不知道失智老人犯了罪，司法上將如何定罪，但他相信刑罰不至於和正常人一樣重。他想起「責任能力」這個詞。聽說被認定沒有責任能力的人，很難被問罪。沒有人會認為現在的政惠具有責任能力吧。

況且，只要能夠拯救孫子，政惠想必樂意挺身相代，雖然前提是她要能夠理解這整件事……

傳來玄關門開關的聲響，腳步聲沿著走廊逐漸靠近。

「不好意思，久等了。」松宮說著走進政惠的房間，卻不見加賀的人影。

「另一位刑警先生呢？」昭夫問。

「他先離開辦點事，馬上回來。那麼，前原先生，我想再向您請教，請問還有其他人知道這件事嗎？」

這是預料中的問題，昭夫說出事先準備好的答案：「只有我們夫婦知情，沒有告訴任何人。」

「可是令公子也在府上吧？他知情嗎？」

「小犬……」昭夫強忍著避免提高嗓音，「他什麼都不知道。我們是瞞著他處理整件事的。」

「可是，不太可能絲毫都沒察覺吧？自己家裡出現一具屍體，雙親在半夜設法處理，難以想像待在家裡的他會完全不知情。」

松宮踩到了前原夫婦的痛處。昭夫再次提醒自己，此刻是最緊要的關頭。

「他眞的不知情。不，他現在多少知道了。剛才我打電話聯絡你們警方之前，把大致的狀況告訴他了，但先前他應該什麼都不知道。星期五那天，他不曉得跑去哪裡晃蕩，很晚才回來。這件事我昨天也向你們報告過了吧？小犬回來時，我們已把屍體移到院子，還在屍體上覆蓋黑色塑膠袋，他不可能發現。」

「而且，」一旁的八重子開口：「他平常在家都是關在自己房間裡，只有吃飯和上廁所才會出來，三更半夜父母在做什麼，他從不關心。我想他現在一定非常震驚，腦子一片空白。再怎麼說，他還是個孩子啊！得知這件事之後，他又關回房間裡了。求求您，可不可以不要去打擾他？」

她特別強調「直巳還是個孩子」這一點，昭夫緊接著幫腔：「那孩子非常怕生，在陌生人面前連話都講不清楚，或許可說是長不大吧，所以他應該幫不上刑警先生的忙。」

昭夫的想法是，絕對不能讓刑警的注意力落到直巳身上。他們夫婦討論計畫時，也達成了共識，這是他們最要緊的防線。

松宮輪流注視著這對夫婦，開口：「請見諒，我們必須確認所有的可能性，說不定令公子也隱約察覺了什麼。即使眞相確實如兩位所述，與案件的所有關係人面談，也是我們辦案的既定程序。」

「關係人……？」八重子問。

「既然住在同一屋簷下，令公子自然也是關係人。」松宮不客氣地應道。

他說的一點也沒錯。昭夫夫婦也明白，要讓直巳完全不接觸警察是不可能的，只是他們還是盡可能事先強調：直巳與案子無關、直巳還是個孩子。

「請問令公子的房間在二樓嗎？我上去房間找他也可以。」

聽到松宮的話，昭夫焦急不已。絕對不能讓直巳單獨見刑警，太危險了。這一點也是夫婦倆的共識之一。

「我去叫他。」八重子應該也是同樣的心思，留下這句話便走出政惠的房間。

「刑警先生，不好意思……」昭夫說：「我們換個地方講話好嗎？在這裡可能不太方便。」他瞄了政惠一眼。

松宮略加思索，點頭答應：「嗯，說的也是。」

兩人來到餐廳。昭夫鬆了一口氣，因爲他覺得要是直巳接受刑警問話時，政惠就在一旁，直巳一定會很慌張。當然，直巳已曉得失智祖母將爲他頂罪的計畫。

「呃，想請教一下，」在餐桌旁坐下後，松宮問：「之前發生過類似的狀況嗎？我的意思是，令堂曾傷害別人或破壞過什麼東西嗎？」

「嗯……也不是完全沒有。再怎麼說，她得了那種病，即使她自己不覺得是在搞破壞，事實上卻造成了我們的困擾，這種事常發生，像是她會把東西拿起來亂扔摔壞等

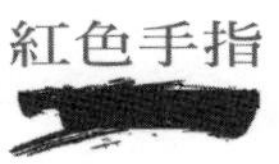

等。」

「可是，據田島春美女士說，令堂並不會亂吵亂鬧啊？」

「那是因爲對象是舍妹。家母在舍妹面前都很安分。」

面對昭夫的回答，年輕刑警顯得半信半疑。

這時，傳來下樓的腳步聲，步伐節奏實在說不上輕快。

直巳跟在八重子身後，慢吞吞地走過來。他一身T恤，罩了件連帽運動衫，雙手插在運動褲口袋裡，和平日一樣站沒站相，還駝著背。

「這是小犬直巳。」八重子說：「直巳，這是刑警先生。」

即使聽到母親的介紹，直巳仍低著頭，看也不看松宮一眼，默默站在母親身後，彷彿試圖將瘦削的身子藏起來。

「能不能請你過來這邊坐一下呢？有點事想請教你。」松宮說著，指了指正對面的椅子。

直巳垂著頭，走到餐桌旁坐了下來，卻微微側過身子，似乎不願面對刑警。

「命案的事，你知道了嗎？」松宮發問。

直巳微微努了努下巴，這就是他表示「知道」的方式吧。

「什麼時候知道的？」

「剛才。」他細聲回答。

「能不能再說得精確一點？」

直巳瞄了母親一眼，接著視線移到牆上的時鐘，回道：「八點左右。」

「你是怎麼知道的？」

直巳沒吭聲。正當昭夫在想他是不是聽不懂問題時，他瞅著父親，口氣很差地說：

「爲什麼要問我這種事？」

或許直巳深信自己什麼都不必做吧，可能是八重子這樣告訴他的。殺死一個小女孩，爲什麼還能夠這麼理直氣壯地覺得事不關己？昭夫眞是慚愧到無地自容，但這種情況下又不可能出聲罵他。

「刑警先生說，家裡每一個人都要問到話。人家問什麼你就答什麼。」

直巳鬧脾氣似地移開視線。你懂不懂現在是什麼狀況啊！——昭夫好想這麼吼他。

「這整件事情，你是聽誰說的？」松宮再問一遍。

「剛剛……聽爸爸媽媽……」直巳愈說愈小聲。

「可以請你把聽到的內容告訴我嗎？」

直巳的臉上浮現緊張與害怕的神色，顯然他也明白，接下來這段陳述絕對不能搞砸。

「奶奶殺了一個小女孩……」

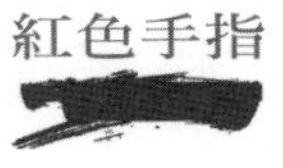

「然後呢？」松宮緊盯著直巳。

「爸爸把那個小女孩丟到公園去。丟到銀杏公園……」

「然後呢？」

「因為隱瞞不了，決定報警。」

「還有呢？」

直巳登時擺出臭臉，瞪向一旁，嘴巴半張，像頭口渴的狗一樣露出舌尖。

昭夫心想，又是這副表情。直巳每次幹了什麼壞事遭到追究，到後來一定會擺出這張臭臉，也不管捅樓子的是自己，只要受到責難心裡不痛快，就把責任往外推，對著代罪羔羊大發脾氣。不難想像，他現在一定是在氣父母怎麼不幫他回答刑警的問話。

「還有呢？」松宮又問一次。

「不知道。」直巳的語氣很衝：「我什麼都不知道。」

松宮點點頭，盤起胳膊，嘴角似乎浮現笑意。昭夫不明白這笑容的意義，一股不安湧上心頭。

「得知這件事的時候，你有什麼反應？」

「我嚇了一跳……」

「嗯，倒也難怪。你怎麼看呢？你覺得奶奶會做出這種事嗎？」

直巳垂著目光說：「她痴呆了，不知道會做出什麼。」
「平常她會吵鬧嗎？」
「大概會吧。不過我都很晚回家，奶奶的事我不清楚。」
「對喔，星期五那天，聽說你也很晚回家？」松宮說。
直巳沒作聲。昭夫看得出他十分害怕，因爲不曉得刑警接下來會問什麼。昭夫自己也是心驚膽戰。
「能不能告訴我，你在哪裡做了什麼事？」
「刑警先生，不好意思，」昭夫終於忍不住插嘴：「小犬當時在哪裡，和這件事無關吧？」
「不，話不能這麼說。只交代很晚回家是不夠的，要是沒把詳細行蹤說清楚，之後反而會有很多麻煩。」
松宮的語氣溫和，卻帶有不容妥協的脅迫力。昭夫只能囁嚅著退到一旁。
「所以，你去了哪裡呢？」松宮的視線回到直巳身上。
直巳的嘴巴半張，呼吸變得紊亂，聽得到他的喘息聲。
「……電動遊樂場和便利商店。」他好不容易出聲，聲音非常微弱。
「和誰一起嗎？」

直巳微微搖頭。

「一直都是一個人？」

「嗯。」

「哪一家電動遊樂場？你還去了便利商店吧，可以把地點告訴我嗎？」

松宮取出筆記本，一副等著做紀錄的模樣。昭夫認爲，松宮是在恐嚇直巳：你說的我全部會寫下來，別想隨便胡謅，蒙混過去。

直巳結結巴巴地說出電動遊樂場和便利商店的地點，這些都是前原夫婦爲了預防萬一而事先想好的。電動遊樂場是直巳平日就常去的店，他說這家店的店面比較大，不會在裡頭遇到認識的人；便利商店則是選了直巳比較少去的，因爲常去的店，店員會認得直巳，怕會作證星期五晚上沒看到他出現。

「你在便利商店買了什麼？」

「什麼都沒買，只是站在那裡看雜誌。」

「那麼，在電動遊樂場呢？你玩了什麼遊戲？」

昭夫心頭一驚，他們事先沒討論到這一點，因爲沒想到刑警會問這種細節。他暗自祈求老天保佑，一邊凝視低著頭的兒子。

「青春鼓王、VR快打、實況賽車……」直巳低聲回答：「還有……拉霸。」

拉霸就是指吃角子老虎吧？其他的遊戲昭夫聽都沒聽過，那些想必是直巳平時就常玩的遊戲。

「回到家是幾點左右？」松宮還沒問完。

「大概八、九點吧。」

「離開學校呢？」

「四點……吧。」

「和誰一起？」

「我一個人。」

「平常放學都是一個人回家？」

直巳簡短地「嗯」了一聲，聲音中帶有幾分焦躁，可能是嫌松宮問個沒完在生氣，也可能是這個問題本身傷害了他。

直巳沒有稱得上是「朋友」的朋友，從小學便一直如此。無論去電動遊樂場玩，或是去便利商店看雜誌，他總是孤單一人。話說回來，要是他有知心好友，就不會發生今天這種事了吧。

「四點離開學校、回到家是八點的話，也就是在電動遊樂場和便利商店耗了四個小時啊。」松宮自言自語般低聲說。

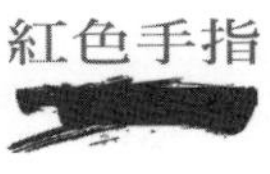

「他老是這個樣子，」八重子應道：「我常叮嚀他要早點回家，他就是不聽。」

「現在的中學生都是這樣吧。」松宮說著，看向直巳。「從離開學校到回家的這段時間，你有沒有遇到朋友或認識的人？」

「沒有。」直巳旋即回答。

「那麼，在電動遊樂場或便利商店，有沒有發生讓你印象深刻的事？好比說，有人偷東西被抓，或者剛好某個機台故障之類的？」

直巳搖頭。「我不記得了，應該沒有吧。」

「這樣啊。」

「不好意思，」昭夫再次對刑警說：「要是無法證明小犬去了電動遊樂場和便利商店，會有麻煩嗎？」

「不，不會的。只不過，能夠證明的話，後續會輕鬆許多。」

「您的意思是……？」

「能夠證明的話，表示令公子與命案無關，也就沒有再次偵訊的必要。如果無法證明，我們可能還是得麻煩令公子一再接受偵訊。」

「小犬跟命案無關，這一點我們可以保證。」

松宮搖搖頭，「很遺憾，雙親作證是無效的，必須是第三者作證。」

「我們沒有說謊！」八重子尖聲強調，「這孩子眞的和這整件事無關，可以不要再問他了嗎？」

「如果您說的是事實，一定找得到佐證，兩位大可放心。電動遊樂中心和便利商店大多裝有監視器，既然令公子玩了四小時，被拍到的可能性應該很高。」

這段話讓昭夫暗自心驚。監視器……他沒想到這一點。

松宮面向直巳，問道：「你非常喜歡打電動喔？」

直巳微微點了頭。

「電腦呢？你也玩電腦嗎？」

直巳沒作聲。昭夫看到他這種反應，在一旁都快急壞了。至少對這種與命案無關的小問題，要明快地作答啊！

「你會玩電腦吧？」八重子著急地插嘴。

「他有自己專用的電腦嗎？」松宮問八重子。

「有的，是去年向朋友要來的舊電腦。」

「這樣啊。最近的中學生眞厲害。」松宮的視線回到直巳身上，「謝謝你的配合，你可以回房間了。」

直巳緩緩站起，默不吭聲地走出餐廳，接著傳來上樓的腳步聲，最後是「碰！」的關

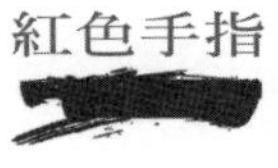

門聲。

這個刑警在懷疑直巳——昭夫很確定這一點。他不知道究竟是哪個環節讓刑警產生懷疑，但警方肯定鎖定了直巳，才會窮追不捨地問他的不在場證明。

昭夫看向八重子，她正以求救的眼神望著他，不安的神情訴說著與丈夫同樣的心思，無聲地懇求他快想辦法。

昭夫輕輕點了個頭。雖然沒把握，他只知道自己非想出辦法不可。

或許刑警正將懷疑的矛頭指向直巳，但警方目前應該沒有任何證據。只要一家人堅決不吐實，警方也拿他們沒辦法吧。連親生兒子都堅持是年邁的失智母親所爲，警方也只能相信才對。不能因爲監視器沒拍到直巳，就認定他的不在場證明是假的；即使確定不在場證明是假的，也沒有證據直指直巳就是凶手。

不能心生動搖。只能往這條路前進——昭夫再度堅定決心。

就在這時，門鈴響了。昭夫不由得咂了個嘴，「這種時候跑來，會是誰啊？」

「會不會是快遞？」八重子朝對講機走去。

「別管了，現在哪來的閒工夫收快遞。」

八重子接起對講機交談幾句之後，一臉困惑地回頭望向昭夫。「老公，是春美……」

「春美？」昭夫心想，怎麼會在這種時候上門？

只見松宮平靜地說：

「加賀刑警應該也和她一道，請讓他們進來。」

25

松宮佯裝平靜，其實內心激動不已，握著筆的手心早已汗溼。

方才在院子裡，與小林主任通過電話後，加賀要他回屋內確認前原直巳的不在場證明。

「前原夫婦可能會拒絕讓你和兒子見面，但你不必理會。要是他們態度強硬，你直接闖進直巳的房間也無妨。等見到直巳之後，我希望你徹底追問他當天的行蹤。依照昨天前原先生的說法，案發當時直巳在電動遊樂場，你就問他是哪一家、玩了什麼遊戲、有沒有發生什麼印象深刻的事情，要緊咬著問到對方想發脾氣的程度，不過我想應該不至於動怒吧。然後，記得若無其事地確認他有沒有電腦。」

看來加賀懷疑的是前原直巳，卻沒告訴松宮根據何在。

加賀交代完，便說要去找田島春美。

松宮問他這麼做的理由。

「爲了讓他們親自解決這件案子。」——這是加賀的回答。

現在，加賀回來了，而且帶著春美一道。連松宮也無法想像接下來事情究竟會怎麼發展。

去玄關開門的八重子沉著臉返回。「老公，春美來了。」

前原昭夫點頭，「嗯」了一聲。沒多久，在八重子身後出現的是神情悲悽的田島春美，接著是加賀。

「請問……爲什麼找舍妹來？」前原問加賀。

「令妹是最了解令堂的人吧？」加賀說：「所以我才請她過來。事情我都告訴她了。」

「這樣啊……」前原尷尬地抬眼望向妹妹，「妳一定很驚訝吧，不過，事情就是這樣。」

「媽呢？」春美問。

「在房間裡。」

「是嘛。」春美喃喃低語，做了一個深呼吸之後，問加賀：「我可以去看家母嗎？」

「請便。您就去看看令堂吧。」

春美得到加賀的許可，走出餐廳。前原夫婦望著她的背影消失在走廊深處。

「松宮刑警，」加賀轉頭對松宮說：「你向直巳問過話了嗎？」

「問完了。」

「他星期五那天的行蹤呢？」

「他去電動遊樂場，還晃蕩了一陣子，晚上八點過後才回到家。」說完，松宮在加賀耳邊低語：「他有電腦。」

加賀滿意地點點頭，輪流看著前原夫婦。「支援的員警很快就會到達，請兩位與老奶奶做好出門的準備。」

聽到這話，松宮吃了一驚，悄聲問：「你聯絡專案小組了？」

「回來的路上我打電話通知了，不過我請他們先待在附近，等我們進一步聯絡。」

松宮不明白加賀的用意，加賀似乎察覺他的心思，露出意味深長的眼神，彷彿在說：一切就交給我吧。

「請問家母會被逮捕嗎？」前原問。

「那是當然的。」加賀回答：「殺人是最嚴重的罪行。」

「可是，家母是失智症患者啊，她不知道自己做了什麼，這種情況不是會被視爲沒有責任能力嗎？」

「沒錯，接下來應該會進行精神鑑定吧，只是我們警方無法預測檢方屆時會如何判定。警察的工作是逮捕犯人，與犯人有無責任能力並無關係。」

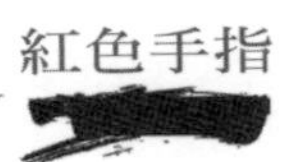

「這麼說，法院可能判家母無罪吧？」

「我不確定『無罪』這種說法妥不妥當，也有可能獲得不起訴處分。但我們警方無法做任何保證，這是由檢方決定的。一旦受到起訴，只能等待法官判決。」

「能不能……」前原說：「能不能不要讓家母受太多苦？家母恐怕無法待在拘留所之類的地方，她都痴呆了，年紀又大……」

「這都必須由上級判斷吧。只不過就我的經驗來說，除非有重大事由，否則是不容許有例外的。令堂上廁所能夠自理，進食似乎也不成問題，所以我想不僅是拘留所那邊，看守所也一樣，她受到的待遇可能和其他嫌犯沒兩樣吧。」

「……非進看守所不可嗎？」

「如果她被起訴的話。兩位恐怕也得進去。」

「我們已有覺悟，可是……」

「我明白，對於年邁的令堂來說，肯定是比較辛苦的。不，應該說會非常辛苦。」加賀繼續道：「房間絕對算不上乾淨，廁所也毫無遮蔽。夏熱冬冷，食物難吃。未經許可，不得攜帶私人物品，所以令堂喜愛的娃娃沒辦法帶進去。空間狹小，只有孤獨一人面對枯燥無味的日子，一天又一天。」說到這裡，加賀聳了聳肩。「嗯，不過我們無從得知令堂對於這些折磨能感受到多少。」

前原昭夫難掩痛苦的神情，緊咬著唇。是想到自己必須過那種生活，還是爲年邁的母親心疼呢？松宮看不出來。

「前原先生，」加賀平靜地說：「您確定要這麼做嗎？」

面對加賀突如其來的質問，前原訝異得全身抽動了一下。他的臉色泛青，耳朵到脖子卻是整個脹紅。

「這話是什麼意思？」他看著加賀反問。

「只是確認一下而已。令堂沒有能力說明自己的行動，所以由身爲兒子的您代替她發聲。現在的結論是，令堂即將成爲殺人犯，因此我想再度確認，您是否確定要這麼做。」

「又不是……不是我確不確定的問題吧……我也……」前原語無倫次，「有什麼辦法？我很想隱瞞，可是瞞不下去了啊。」

「是嗎？您確定就好。」加賀瞄向手表，「您不需要準備什麼嗎？我想你們可能暫時沒辦法回家了。」

八重子站起，「我可以去換身衣服嗎？」

「請便。前原先生呢？」

「不了，我這樣就好。」

於是，只有八重子走出餐廳。

「不介意我抽根菸吧？」前原問。

加賀說聲「請便」。

前原叼了根七星菸，拿起拋棄式打火機點上火。他抽得很急，但看他的神情，這根菸的味道似乎相當糟。

「您現在的心情如何？」加賀在前原的正對面坐下。

「嗯，很沉痛。一想到即將失去至今建立起來的一切，我的心都涼了。」

「對於令堂呢？」

「對於家母……我也不知道。」前原深深吸了一口菸，憋了好一會，才緩緩吐出。「自從她變成那樣之後，我就感覺不太到那是我的母親了，她好像也不太認得我。有時候我甚至會想，雖然是母子，到頭來不過是如此啊。」

「聽說令尊生前也得了失智症？」

「是的。」

「當時是誰在照顧令尊呢？」

「是家母。那時候她的腦袋還很正常。」

「原來如此。那麼，令堂想必吃了不少苦吧？」

「一定很苦啊。父親去世時，她大概也鬆了一口氣吧。」

聽他這麼說，加賀頓了頓才問：「您是這麼認爲？」
「是啊，因爲照顧失智老人眞的很辛苦。」
加賀沒點頭附和，不知爲何瞥了松宮一眼，才又把視線移回前原身上，說道：「結縭多年的夫婦之間，有著旁人無法理解的羈絆，正因如此，才忍受得了嚴苛的照護生活。即使有時會想逃開，甚至希望對方趕快離開人世，然而一旦對方眞的走了，留下的一方不見得會覺得輕鬆。聽說有些人好不容易脫離照護生活的束縛，反而產生強烈的自責。」
「您的意思是……？」
「有些人會責備自己爲對方做得不夠多、不該讓對方孤單地迎接最後一刻，甚至會因強烈的自責而病倒。」
「您是說，家母是因爲照護家父，才會變成這樣？」
「這我就不確定了。我只能說，老人家的內心是極爲複雜的，尤其當他們意識到自己的死亡即將來臨時，更是難以理解。面對這樣的老人家，我們晚輩能做的，只有尊重他們的意願。無論他們的想法聽起來多麼無聊可笑，對他們本人來說，或許都是極爲重要的堅持。」
「我……自認一直很尊重家母的意願，只不過，現在的家母有沒有所謂的意願，我就不知道了。」

加賀定定地凝視吐出這番話的前原，淺淺一笑：「是嗎？那就好。不好意思，扯了這麼多。」

「不會。」前原在菸灰缸裡摁熄了菸。

加賀看了一眼手表，站起身。「時間差不多了，可以請您幫忙帶令堂出門嗎？」

「好的。」前原也站了起來。

加賀回頭望向松宮，點了個頭，示意他跟上。

來到政惠的房間，只見春美坐在拉門旁，沉默地望著待在緣廊的母親。政惠弓著背，蜷身蹲坐著，像石頭一樣文風不動。

「田島太太，我得帶令堂出發了。」加賀對著春美的背影說道。

「好的。」她小聲回應，起身要走去政惠旁邊。

「有一件事想麻煩您。」加賀說：「如果令堂有什麼非常珍惜的東西，或者有什麼帶在身邊就能安心的東西，可以請您幫忙找出來嗎？我會去交涉看看能不能讓令堂帶進拘留所。」

春美點點頭，環視房內，似乎很快就想到了。只見她走近五斗櫃，打開櫃門，抽出一本像是書的東西。「可以帶這個嗎？」她問加賀。

「不好意思，借我看一下。」加賀一翻開，便遞到前原面前：「這就是令堂最珍惜的寶物。」

前原全身一顫，松宮都看在眼裡。加賀遞給前原的，是一本小相簿。

26

昭夫幾十年沒看到這本相簿了，他知道相簿裡貼著老照片。最後一次翻看，恐怕是他念中學的時候吧，因爲後來他都自行整理照片了。

加賀翻給他看的那一頁，貼著一張年輕的政惠與還是少年的昭夫站在一起的照片。少年昭夫戴著棒球帽，拿著一個細長的黑色紙筒。

他馬上想起那是小學的畢業典禮，當天政惠去了學校，照片中的她笑著，右手握住兒子的手，左手稍稍舉起，抓著一個小木牌似的東西，看不出是什麼。

昭夫感到一陣酸楚。

儘管得了失智症，政惠至今仍珍惜著與兒子之間的回憶。全心全意拉拔孩子長大成人的那段記憶，是治療她的病的最佳良藥。

然而，他竟然打算親手將這麼疼愛自己的母親送進監牢……

若她眞的犯了罪也無可奈何，但事實上她什麼都沒做。昭夫的心裡很清楚，說是爲了保護獨生子直巳不得不這麼做，其實根本是出於自私的算計，他陷害親生母親只是爲了保

護自己的未來。

母親再怎麼痴呆，將罪行嫁禍給母親的這種事，終究不是有良心的人做得出來的。

然而，他將相簿推了回去，拚命忍住隨時都會決堤的淚水。

「您不看了嗎？」加賀問：「令堂把這本相簿帶去拘留所，您就再也看不到了。不如多看一會吧？我們不趕時間。」

「不，不用了。看了只會難過。」

「這樣啊。」

加賀闔上相簿，交給春美。

昭夫心想，這個刑警恐怕已看穿一切。他察覺凶手不是這名老婦人，而是待在二樓的中學生。爲了讓昭夫吐露眞相，刑警使出各種攻勢，試圖對老婦人的獨生子施加心理壓力。

昭夫告訴自己，不能輸給這種辦案伎倆。刑警之所以使出這種手段，是因爲他們手邊沒有任何確切的證據；因爲找不到其他的攻略方式，才會試圖動之以情。換句話說，他只要堅持到底就贏了。

不要心軟，不要認輸……

這時突然響起手機鈴聲，松宮伸手進西裝外套內袋拿出手機。

「我是松宮……啊，好的，我明白了。」他交談幾句便掛掉電話，對加賀說：「主任他們的車到了，就在大門外。」

「知道了。」加賀答道。

正好在這時候，走廊傳來八重子的聲音：「我準備好了。」

她在襯衫外加了件毛衣，下身是牛仔褲，看來她選了讓自己比較舒適的裝束。

「令公子怎麼辦呢？」加賀問昭夫：「家裡暫時只剩他一個人。」

「啊……說的也是。——春美，」昭夫對妹妹說：「不好意思，可以麻煩妳照顧直巳嗎？」

春美抱著相簿沒應聲，半晌後才終於輕輕點頭：「嗯，我知道了。」

「抱歉。」昭夫再次向她道歉。

「那麼，田島太太，我要將令堂帶走了。」

「好的。」春美將手搭在政惠的肩上，「小惠，要走了喔。來，站起來。」

在春美的示意下，政惠由春美攙著緩緩站了起來，轉身面向昭夫等人。

「松宮刑警，」加賀說：「給嫌犯戴上手銬。」

「咦？」松宮一臉訝異。

「戴手銬。」加賀重複一次，「你沒帶的話，就由我來。」

「呃，不必。我帶了。」松宮取出手銬。

「請等一下！再怎麼說，年紀這麼大的老人家，不戴手銬也無妨吧！」昭夫忍不住抗議。

「很抱歉，形式上必須這麼做。」

「可是……」昭夫望向政惠的手，不由得倒抽一口氣。

因爲她的指尖紅通通的。

「這是……什麼？」昭夫盯著母親的指尖低喃。

「我昨天不是跟你提過嗎？」春美回道：「就是化妝遊戲啊。媽好像又拿口紅去玩了。」

「喔……」

昭夫的腦海浮現另一雙有著紅色手指的手，那是多年前看到的、章一郎生前的手。

「可以了嗎？」拿著手銬的松宮問昭夫。

昭夫微微點頭。看著政惠的手，他的心都快碎了。

就在松宮要將手銬銬上政惠手腕的時候——

「慢著。」加賀開口，「令堂外出不是需要枴杖嗎？」

「呃……是的。」春美回答。

「銬了手銬可能沒辦法拄枴杖。請問枴杖在哪裡？」

「應該在玄關的鞋櫃，和傘收在一起。哥，你能幫忙拿一下嗎？」

昭夫應聲「好」，步出政惠的房間，穿過昏暗的走廊。

鞋櫃就在玄關脫鞋處的角落，邊上有一扇細長的櫃門，裡面的空間用來放傘。因為常用的傘都直接擺外面，昭夫很少會去開這扇櫃門。政惠平日使用的枴杖，他也從未仔細看過。

一打開櫃門，他就看到枴杖混在幾把傘當中，握把是灰色的，長度和女用傘相當。

他取出枴杖時，繫在握把上的鈴鐺作響。是平常聽慣的鈴聲。

昭夫拿著枴杖回到政惠的房間。春美正攤開包袱巾，把政惠的隨身用品和剛才那本相簿收到包袱巾上，兩名刑警和八重子站在一旁看著她收拾。

「找到枴杖了嗎？」加賀問。

昭夫默默遞出。

加賀將枴杖交給春美，「那麼，走吧。」

春美讓政惠拿好枴杖，「來，這是小惠的枴杖，要拿好喔。」她語帶哽咽，話聲顫抖著。

政惠仍是一樣的表情，聽從春美的指示邁出腳步，走出房間，來到走廊上。昭夫目送

著政惠的身影。

叮鈴、叮鈴——枴杖的鈴聲響起。

昭夫的視線移向那個鈴鐺，鈴鐺上繫著一塊小木牌，上頭刻著歪七扭八的字：「前原政惠」，是以雕刻刀手工刻的。

看到小木牌的瞬間，激動的情緒在昭夫的胸中翻攪，讓他幾乎無法呼吸。

那塊木刻的名牌，就是剛才那張照片中，政惠抓在手上的東西。

昭夫倏地憶起，小學畢業前夕的美勞課堂上，老師要同學們製作名牌，升上中學後可以掛在隨身物品上，也可以當成禮物送給想感謝的人，於是昭夫刻了母親的名字，還跑去附近的文具店買鈴鐺，以細繩繫上，送給政惠。

事隔數十年後的今日，政惠仍愛惜地留著那塊名牌，而且是固定掛在經常使用的隨身物品上。這應該是她罹患失智症之前的習慣吧。

她如此珍愛那塊名牌，也許正因那是兒子送她的第一份禮物。

波濤洶湧的心緒再也無法平息，宛如引發共鳴般擴大。昭夫心中有某個東西、某個拚命支撐著他的東西，開始崩毀。

他的雙腳氣力盡失，當場蹲了下來。

「怎麼了？」加賀注意到他的異狀，走了過來。

他再也瞞不下去，眼中湧出淚水，內心的防波堤潰堤。

「對不起，眞的……很對不起。」昭夫的額頭貼在榻榻米上，「是騙人的，全是騙人的。家母殺人一事是我捏造的。家母不是凶手。」

27

聽到昭夫的泣訴，無人出聲，約莫太過驚訝，說不出話。昭夫緩緩抬起頭，首先與八重子四目相望。她也癱坐在地，神情痛苦，黯淡的目光中滿是絕望。

「抱歉，我辦不到。」昭夫對妻子說：「我再也瞞不下去了……我辦不到，辦不到……」

八重子無力地垂著頭，她可能也撐到極限了。

「我明白了。那麼，凶手是誰？」

加賀的語氣太過平穩，昭夫不由得回頭望向他，只見加賀的眼神中充滿難以言喻的同情之色。

昭夫心想，這個刑警果然什麼都知道，才會聽到這番告白卻絲毫不訝異。

「是令公子，對吧？」

昭夫默默點頭，八重子「哇！」的一聲哭了出來，趴到地上，後背顫抖著。

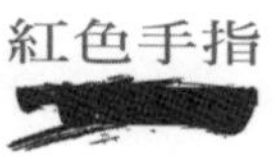

「松宮刑警，上二樓。」

「請等一下。」八重子垂著臉說：「直巳由我……我去帶他……」說到後來她已泣不成聲。

「好的，那就麻煩您了。」

八重子搖搖晃晃地走出政惠的房間。

加賀單膝跪在昭夫面前。「您能說出實話，勇氣可嘉。您差一點就鑄下大錯了。」

「刑警先生，您果然從一開始就看穿了我們的謊言吧。」

「不，接到您的電話前來府上時，我還毫不知情，聽完您的自白後，也沒有發現矛盾之處。」

「那爲什麼……？」

這時加賀轉頭望向政惠，說道：「因爲那紅色手指。」

「那……透露了什麼嗎……？」

「稍早在緣廊上看到令堂的紅色手指時，我便開始思索那是什麼時候塗上去的。若是案發前塗的，屍體的脖子上一定會留下紅色指痕，因爲令堂是在命案發生的隔天才初次戴上那雙手套，對吧？由於我剛好在場，這一點是可以確定的。但屍體上並沒有紅色指痕，在您的自白當中，也沒提到抹去紅色指痕的過程。這就代表令堂塗紅手指是在案發之後，然而，我四處都找不到令堂使用的口紅，也不在這個房間裡。」

「口紅？那一定是八重子的——」說到這裡，昭夫發覺這是不可能的。

「前原太太的化妝台在二樓，而令堂無法爬樓梯，是吧？」

「那麼，口紅在哪裡？」

「如果不在這個家裡，會在哪裡呢？唯一的可能就是有人拿走了，那會是誰？於是我去向令妹確認，問她曉不曉得令堂最近可能玩過的口紅收在哪裡——田島太太，請拿給令兄看。」

春美打開手提包，拿出一個塑膠袋，裡頭裝著一支口紅。

「那就是染紅令堂雙手的口紅。比對過顏色了，應該沒錯。待進一步分析成分之後，答案就很清楚了吧。」

「為什麼會在妳那裡？」昭夫問春美。

「前原先生，這就是問題所在。」加賀說：「若是令堂趁令妹不注意時拿她的口紅來玩，這件事本身並不奇怪。奇怪的是，那支口紅現下是在令妹手上。——田島太太，在今天之前，您最後一次見到令堂是什麼時候？」

「星期四晚上……」

「換句話說，那支口紅星期四之後就不在這個家裡了。前原先生，您知道這代表什麼

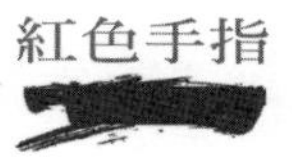

吧？」

「知道。」昭夫說：「也就是說，家母是在星期四晚上塗紅手指的。」

「的確會得到這樣的推論。這麼一來，就與您供稱令堂是凶手的說法產生了矛盾。我方才提過，屍體上並沒有紅色指痕。」

昭夫緊緊握拳，指甲幾乎掐進手心。

「原來如此……」

一陣空虛感籠罩了他。

28

松宮說不出話，佇立在走廊上，聽著加賀與前原昭夫的對話。

他心想，這是多麼愚蠢又膚淺的犯罪啊！爲了保護兒子，竟然嫁禍給年邁的母親，這種想法他實在無法理解。幸好前原在最後一刻說出實情，算是整起案件中唯一的救贖吧。

不過，加賀明明留意到紅色手指一事，爲什麼不當場說破呢？這樣一來，應該能夠更早揭開眞相。

「爲什麼？不是講好我不用去警署嗎！」樓上傳來叫喊聲，是直巳的聲音。

「小直，瞞不下去了。一切都完了……」八重子在哭。

「我才不管！爲什麼？我都照你們說的做了，不是嗎！」

樓上傳來「哐！」的撞擊聲響，接著是八重子的驚呼。

「都怪你們啦！都是你們的錯！」直巳大喊大叫。

「對不起……對不起……」

松宮愣在原處，不知如何是好，只見加賀大步穿過走廊，衝上二樓。

剛聽見直巳尖叫著：「你幹麼啦！」緊接著加賀就下樓了，他揪著少年的領口拖到一樓，手臂一甩，直巳登時摔倒在地板上。

「松宮刑警，把這混帳小鬼帶走。」

「好的。」松宮上前抓住直巳的手臂。直巳淚流滿面，像小學生一樣哭得亂七八糟，喉嚨發出咿咿嗚嗚聲。

「過來。」松宮扯著直巳的手臂，把他拉起來，帶向玄關。

「我和他一起去……」八重子追了過來。

打開玄關門，小林和坂上已在大門外，看到松宮一行人，便來到玄關門口。

「主任，目前的狀況是……」

小林搖搖手說：「加賀都報告過了。你們辛苦了。」

他叫來部下，要他們將直巳與八重子帶走。等他們離開後，他才又看著松宮說：「調

查春日井家電腦的結果，發現刪除的郵件中，有一封是案發當天收到的。春日井先生對那封郵件沒印象，恐怕是被害者收下的。郵件裡只附了一堆照片，拍的全是『超級公主』的動畫角色人偶。」

「查出寄件人了嗎？」

「對方用的是免費信箱，還查不出本名，不過應該不難確認吧？」小林指了指前原家二樓。

「前原直巳的確有電腦。」

「被害者是看了郵件附的照片才出門的。她可能認識寄件人，打算前去找他。」

「要扣押前原直巳的電腦嗎？」松宮問。

「有必要，不過不急著現在扣押。裡面還有一個必須逮捕的人吧？」

「是的，棄屍的主犯是前原昭夫，他正在與加賀刑警談話。」

「好，這邊交給我們，你趕快回屋裡去，記得認眞聽加賀是怎麼說的。」

「聽加賀說？」

「重頭戲在後頭。」小林把手放上松宮的肩頭，「就某個意義上來說，這比案件本身還重要。」

29

松宮回到屋內，告訴加賀已將直巳和八重子交給在屋外待命的員警。昭夫依舊垂著頭，聽著兩名刑警交談。

政惠又坐回緣廊，春美挨著她坐，似乎回到了幾分鐘前的光景，然而，在這短短的時間內，這個家庭的一切都走了樣。

昭夫緩緩站起，身體彷彿有千斤重。

「我也該動身了。」

「您對令堂和令妹，」加賀問：「有沒有什麼要說的？」

昭夫搖搖頭，茫然地望著腳邊的榻榻米。「我沒想到家母會做那種事……我是指，化妝遊戲。昨天聽舍妹提起，我壓根沒放在心上，沒想到那竟然會變成致命傷。」他自嘲般輕笑。

春美似乎走了過來，昭夫抬起頭，卻見春美咬著唇，淚珠滑落臉頰。他訝異得睜大充血的雙眼，臉頰倏地受到衝擊，一時之間，他不明白發生了什麼事，直到感覺臉頰逐漸發熱，才明白是挨了一巴掌。

「抱歉。」昭夫忍著臉頰傳來的陣陣刺痛，低頭道歉：「我把事情搞成這樣……」

春美用力搖頭，「哥，你該道歉的對象不是我。」

「咦……」

「前原先生，」加賀走到春美身旁，「看來，您還沒認清眞相。」

「眞相？」

「我很慶幸您在最後一刻終於驚覺自己的過錯，及時回頭。可是，最重要的事情您卻依舊不明白。」加賀說著，拿出裝在塑膠袋裡的口紅。「剛才我去找令妹的時候，是這麼拜託她的：『您隱瞞至今的事，請先不要坦白，等我示意再說出來。』」

「隱瞞的事……？」

「我剛才撒了一點小謊。關於口紅的下落，其實我是這樣問令妹的：『令堂是不是寄放了口紅在您這裡？』令妹表示確實有支口紅，我便請令妹帶過來了。」

昭夫不明白加賀這話的意思，困惑地看著春美。

春美解釋：「那支口紅不是我的，本來就是媽媽的。」

「是媽媽的？可是，口紅是收在妳那裡吧？」

「那是我昨天從這個家的院子撿走的。」

「院子？」

「我接到電話，她說口紅藏在院子的盆栽底下，要我去拿，並且暫時幫忙保管。她還說原因我遲早會知道，要我先照做就是了。」

「什麼意思？」昭夫腦中一片混亂，「電話？誰打給妳的？」

「是打手機。她有手機啊，我買給她的。」

「手機？」

春美哀傷地緊蹙眉頭，「你還不明白嗎？」

「明白什——」說到這裡，昭夫的腦海掠過一個念頭。

然而下一秒，他便想否決這個可能性，因爲實在太難以置信。但所有的事實都指向這個答案，逼得他不得不相信。

「不會吧……」他朝緣廊望去。

政惠仍以同樣的姿勢蹲坐在那裡，像個擺飾般動也不動。

不會吧——他再次囁嚅著。

可是，這樣就說得通了。自從得知兒子與媳婦的企圖，政惠就苦苦尋思如何讓他們的計畫失敗。這時她想到的，便是塗紅手指。警方要是看到她的紅色手指，一定會在意她是什麼時候塗上去的。所以，只要把口紅交由春美保管，警方就能循線研判是在案發前塗的。換句話說，凶手不可能是政惠。

不過，這個假設要成立，必須顚覆一項大前提。

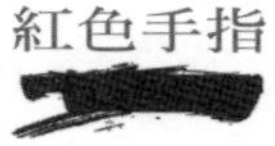

原來媽沒有痴呆嗎……

昭夫看著春美。她的嘴唇顫抖著，似乎想對昭夫訴說什麼。

「妳早就知道了？」

春美緩緩眨了眨眼，「這是理所當然的吧，畢竟我一直都跟媽在一起啊。」

「爲什麼要裝成痴呆……」

春美搖頭，眼神中帶著哀憐。「哥，事情到了這個地步，你還是不明白嗎？不會吧！」

昭夫頓時沉默。妹妹的話一針見血。他已知道答案。

搬到這個家後發生的一切，在他腦海一一重現。八重子冷淡的言行舉止，逐漸影響昭夫，他開始嫌惡年邁的母親。看到這樣的父母，兒子直巳自然不可能健全地成長，他也把祖母當成髒東西一樣看待，而昭夫和八重子都沒有訓誡他。

不僅如此，住在這個家的人，彼此之間已沒有心與心的羈絆，家庭的溫暖早就不復存在。

面對這種情況，政惠感到絕望，最後她選擇建立一個只屬於自己的世界，不讓家人越雷池一步，唯一能進入的，只有春美。或許和春美獨處，就是政惠最幸福的時光吧。

然而昭夫一家沒能看穿政惠的演技，不僅如此，還想利用她的「痴呆」脫罪。昭夫想起他和八重子當著政惠的面討論嫁禍計畫——

「放心啦，她都痴呆成這副德性了，警方要調查也無從調查起。只要身爲家人的我們出面作證，警方只能相信我們。」

「問題是，痴呆老人爲什麼要殺小女孩？」

「都痴呆了，誰知道她會做出什麼事。對了，媽喜歡娃娃，就說她是像弄壞娃娃一樣殺了小女孩，你覺得如何？」

「罪應該不會很重吧？」

「我想不會被問罪啦，不是有什麼精神鑑定之類的嗎？只要請警方做一下那種鑑定，就會知道這個老太婆不正常了。」

政惠是以怎樣的心情聆聽這段對話？之後繼續佯裝痴呆的她，內心又是多麼憤怒、悲哀和難堪？

「前原先生，」加賀說：「令堂暗自期望你們不要走上歧路，一直無言地發出信號。您還記得令堂戴上手套的時候吧？那雙手套散發出臭味，令堂是想藉此告訴我，這裡就是行凶現場。然而，當我們開始懷疑您和您的家人，您又犯下更多的錯誤，令堂不得已才想出紅色手指這個辦法。」

「爲了讓我落入圈套……是嗎？」

「當然不是。」加賀嚴厲地說：「天底下有哪個母親會設圈套陷害親生兒子？令堂是為了讓您懸崖勒馬啊。」

「哥，昨天我不是告訴過你嗎？我說媽最近會玩化妝遊戲。想也知道，媽當然沒有那種癖好。那也是媽叫我這麼說的，當時我完全不明白媽為什麼要我講那種話，可是現在我懂了。媽是認為，聽我那麼說，你一定會去檢查她的手，等你發現她的手指上塗有口紅，為了圓你們的謊，勢必得將不應該存在她手指上的口紅擦去才行。媽都想好了，到時她打算極力反抗，要在繼續假裝痴呆的情況下讓你放棄計畫。只有這個辦法了，媽是這麼想的。」

昭夫緊按著額頭，「我壓根沒想到……」

「您與您的妻小，是落入自己所設的圈套。」加賀靜靜地說：「我去見令妹時，和她討論過了。我很希望您能清醒過來，在我們將令堂帶走之前，自行放棄計畫，因為這也是令堂的期望。其實只要令堂願意，她隨時都能阻止您的計畫，只要坦白她是裝病的就行了，再簡單不過。然而她沒有這麼做，因為她將一絲希望寄託在您的良心上。我們決定尊重令堂的想法，於是令妹與我尋思該怎麼做，才能讓您清醒過來。是令妹提議讓您看看令堂的枴杖的。」

「枴杖……」

「看到之後您也察覺了吧？就是那塊繫著鈴鐺的名牌。令妹知道令堂非常珍惜那塊名牌。相簿與枴杖，如果看了這兩樣東西，您還是毫無悔意，那就無藥可救了——這是令妹的提議。當您把枴杖交給令堂時，老實說，那時候我已死心。幸好您及時回頭，您謝罪的話語，令堂都聽到了。」

「加賀先生……您是什麼時候發現家母沒有痴呆的……」

「嗯，當然是看到紅色手指的時候。」加賀旋即回答：「我思索著令堂爲什麼要把指尖塗紅？是什麼時候塗的？望向令堂時，我和令堂的視線對上了。」

「視線……」

「令堂沉著地看著我。我明白令堂正試圖向我訴說著什麼，那不是腦袋空空的人會露出的眼神。前原先生，您認眞注視過令堂的雙眼嗎？」

加賀的每一句話都化爲沉重的石塊，壓在昭夫的心頭，逐漸往下沉。他無法承受這份重量，當場蹲了下來，雙手撐在榻榻米上，抬眼看向緣廊。

政惠文風不動地面向後院，直到此刻昭夫才初次發覺，年邁母親弓起的背正微微顫抖。

昭夫就這麼趴了下去，額頭貼上榻榻米，淚水滾滾落下。

他聞到了舊榻榻米的味道。

30

前原直巳的偵訊由小林主任負責，松宮也在場。應答過程中，直巳始終一臉恐懼，不時眼眶泛淚。

「你是什麼時候遇見春日井優菜小妹妹的？」

「就是出事當天，放學回家路上遇到的。」

「是你主動找她說話的嗎？」

「是優菜過來找我的。她看到我書包上掛著『超級公主』的鑰匙圈，跑來問我是在哪裡買的。」

「你告訴她了嗎？」

「我告訴她是在秋葉原買的。」

「然後呢？」

「優菜問了我許多關於公仔的事，她平常好像還會自己上網瀏覽同好網站，我很訝異。」

「你們是在哪裡聊這些話題的？」

「我家旁邊的路上。」

「然後你就說，要讓她看你的公仔嗎？」

「我說我有很多公仔，優菜就說她也有很多，想看看我收藏了哪些。」

「所以你就約她來家裡看？」

「優菜要我先把公仔照片寄到她爸爸的電子信箱，我答應了。電子信箱就寫在優菜的名牌背面。她說，如果當中有她沒收藏的公仔，她就要來我家看，所以我將我家在哪裡告訴她。」

「你馬上寄出照片？」

「回家之後，我就用數位相機拍下公仔，附在電子郵件裡寄過去。」

「優菜收到信之後，隨即就去你家了？」

「她是五點半左右來的。」

「那時候你一個人在家嗎？」

「還有奶奶在後面房間，不過她很少出來走動。」

「你讓優菜看了公仔？」

「嗯，讓她看了。」

「在哪裡？」

「在我家的餐廳。」

到此爲止，直巳答得還算流暢，語氣也十分平穩。然而聽到下一個問題，他的態度驟變。

「你爲什麼要掐死優菜？」

直巳本來鐵青的臉倏地脹紅，瞪大雙眼。

他低聲說「不知道」。

「你怎麼會不知道？一定有什麼原因你才會掐她脖子吧？」

「因爲……她說要回家……」

「回家？」

「我都給她看公仔了，她還說要回家。」

「所以你就掐她的脖子？」

「我不知道……」

接下來不管問什麼，直巳都不肯回答。無論怎麼威脅或哄騙都沒用。小林主任忍無可忍，破口大罵，直巳當場僵住，不僅如此，全身還微微痙攣。

警方決定先離開偵訊室讓直巳冷靜一下的時候，他終於開口：

「都是爸媽的錯……」

31

心搏數在七十附近徘徊。松宮搓了搓泛油光的臉龐，望向隆正。病床上戴著氧氣罩的他一動也不動。

克子坐在松宮對面，臉上雖有疲憊之色，但或許是想爲有恩於己的親哥哥好好送終，眼神非常認眞。

常來探望隆正的克子說，這幾天隆正不時喊睏，因爲幾乎都在睡，時間感似乎有些錯亂。

前天晚上，隆正對克子說了句：「好了，妳回去吧。我一個人沒問題。」說完他又睡著了，那可能就是他最後的話語，因爲之後他一直沒醒來。急忙趕來的松宮在他耳邊不斷呼喚，他依然沒有反應。

醫師對他們說，該來的時候來了。先前他們已和醫院說好，決定放棄最後的急救。

早知道會變成這樣，應該早點來的——松宮很後悔。仔細想想，他在銀杏公園棄屍案專案小組成立當天夜裡來探望舅舅，沒想到那竟成了與還有意識的舅舅最後一次相見。當時，他沒提起和加賀聯手辦案的事，之後又一直抽不出時間過來，沒能向隆正報告破案的經過。

若是將前原家這起案子的內容告訴隆正，他會聽得多麼入迷呢？要是隆正得知加賀如何敏銳地洞悉眞相、和這位名刑警表哥聯手松宮感到多麼幸運，隆正一定會很高興。

「啊！」望著監視儀器的克子低呼一聲，因爲隆正的心搏數又下降了一些。之前醫師說過，降到六十以下的話，隆正就沒剩多少時間了。

松宮嘆了口氣，瞥向一旁的小桌，桌上依舊擺著棋盤，棋子的相對位置和上次看到的似乎有點不同，但他不知道哪枚棋子是隆正的最後一著，其實就連是否勝負已定，他也看不出來。

松宮從椅子上站起，搔著頭走近窗邊。他想爲隆正送終，卻又有種在等待那一刻來臨的感覺，心裡很不好受。

外頭的天色漸亮。松宮是昨晚快十二點時抵達醫院的，這麼守著隆正，也快五個小時了。

新的一天即將展開，舅舅的生命卻……正當他恍惚地想著，不經意望向外頭，突然間，他的視線定在醫院大門旁的一名男子身上。

這個人的出現太過出乎意料，一時之間，松宮還以爲自己看錯人。

「恭哥來了……」他喃喃低語。

「咦？」克子的話聲裡滿是疑惑。

「那個人是恭哥。」松宮凝神細看。一身黑色西裝、佇立在那裡的，千眞萬確正是加賀。

「如果眞是阿恭，他怎麼不進來呢？」

「不知道，我去叫他。」

松宮走向病房門口時，門忽然打開，一名穿白袍的年輕醫師和護理師金森登紀子進來了。兩人向松宮與克子行了一禮，無言地走到隆正床邊。

心搏數監視儀器的數值在另一間監控室也看得見，醫護人員想必是看到數值趕過來的。換句話說，死亡已逼近隆正。

「哥哥……哥哥……」克子出聲呼喚。醫師來到病床旁量隆正的脈搏。

心搏數又降低了，彷彿在看定時器倒數計時，電子數字隨著時間不斷減少。

爲什麼？松宮心想，爲什麼加賀會出現在那裡？爲什麼他不進來？松宮想去叫他，可是那樣就無法見到隆正的最後一面了。

監視儀器顯示的心搏數低於四十之後，數值迅速滑落。眼睜睜地看著數字不斷減少，最後變成零。

醫師悄聲說：「病患去世了。」是事務性的語氣。

金森登紀子上前拿下隆正臉上的氧氣罩。克子凝視著哥哥的遺容。

松宮走出病房，他還無法相信隆正死了，因此也不覺得悲傷。但他曉得自己心中相當重要的一段時期已過去。

來到一樓，松宮走向醫院正面玄關，透過玻璃大門，看得見加賀的背影。

松宮走出去呼喊：「恭哥。」

加賀緩緩轉向他，臉上沒有任何驚訝之色，甚至隱約露出一絲笑容。「脩平從醫院走出來就代表……一切都結束了吧。」

「嗯。」松宮點點頭。

「這樣啊。」加賀看了看手表，「上午五點……他沒受苦吧？」

「沒有。他像睡著一樣，靜靜地走了。」

「那就好。我得向署裡請假才行。」

「先別管那些，恭哥，你在這裡幹麼？爲什麼不進去病房？」

「嗯，有點苦衷。雖然是個無聊的苦衷。」

加賀說聲「走吧」，便踏進醫院。

來到病房前，只見克子獨自坐在走廊椅子上。看到加賀，克子詫異地睜大眼。「阿恭……你剛剛在外面嗎？」

「姑姑，讓您費心了。這段時間很感謝您。」加賀低頭行禮。

「舅舅呢？」松宮問。

「護理師正在清潔遺體，還得收拾醫療器具。」克子看看兒子，又看看姪子。

加賀點點頭，隔了幾個座位坐了下來，松宮也在他身旁坐下。

「關於銀杏公園那起案子，你覺得前原老奶奶爲什麼要佯裝痴呆？」加賀問。

「唔……有很多原因吧。」松宮一面回答一面心想，加賀爲什麼現在談起這個問題？

「比方說？」

「像是不願意和家人正面接觸之類的，差不多是這種原因吧？」

「這應該是最主要的動機，不過，我覺得原因不止這一個。」

「怎麼說？」

「我見過這樣的一位老先生，結縭多年的太太先他離世之後，他整理著太太的遺物，突然好想拿來自己用，於是有一天老先生試穿亡妻的衣服，覺得還不滿足，連內衣褲也拿來穿，甚至化了妝。之前老先生沒有這種癖好，也沒有變性的渴望，證據就是，除了亡妻的東西，他對女性用品完全不感興趣。我問他，是不是穿著太太的衣物，會有種太太還在身邊的感覺？結果老先生說，不是的，他自己也不明白，只是覺得這麼做，似乎多少能夠理解太太臨終前的心情。」

聽了加賀的話，松宮心中一凜：「所以前原老奶奶是想體會死去丈夫的心情，才裝痴

呆的？」

加賀沉思半晌，應道：「我無從得知她是否有這麼明確的動機，多半連她本人也不知道吧，就和那位做女裝打扮的老先生一樣。即使假裝痴呆，也不可能理解痴呆老人的心情，只不過，或許這樣能夠讓她更客觀地檢視，當初自己是怎麼對待痴呆的丈夫。要記在心上的是，縱然是老人家……不，正因是老人家，內心更容易存在難以抹滅的傷口。每個人治療傷口的方式都不同，旁人通常很難理解。但我認爲最重要的是，就算無法理解，一定要予以尊重。」

加賀說著，伸手進上衣口袋拿出一張照片。那是張老照片，拍的是一家三口。松宮不禁倒抽一口氣。

「這是恭哥吧？還有舅舅。那麼，這是……」

「旁邊這是我媽。當時我應該是就讀小學二年級吧，記得是在老家附近的公園拍的。我們三人的全家福照，似乎只有這一張。我拿來讓老爸帶進棺材。」

「這是恭哥的母親……我還是第一次見到呢。」

照片上的女性大約三十四、五歲，一張瓜子臉，感覺個性十分文靜。

「我媽過世那時的事，你聽說了嗎？」

「嗯，聽說是在仙台的公寓被發現的……」

加賀點點頭，「她一個人過日子，沒人爲她送終，在公寓裡獨自死去。我爸一直很在意這件事，說一想到她臨死前有多想見兒子一面，就覺得胸口緊緊揪成一團。所以我爸決定要孤獨一人迎向死亡。他是這麼對我說的：『在我斷氣之前，你絕對不准靠近我。』」

「所以恭哥，你才……」松宮凝視著加賀。

病房門打開，探出頭的是金森登紀子。「結束了，請進。」

「嗯，來看看老爸的遺容吧。」加賀說著，站了起來。

躺著的隆正雙眼闔上，神情安詳，彷彿已從一切的痛苦中解脫。

加賀站在病床邊，俯視父親的臉龐，幽幽地吐出一句：「老爸似乎相當滿足。」

接著，他的視線移向一旁小桌上的棋盤。

「舅舅直到最後都在下那盤將棋。」松宮說著，望向金森登紀子。「對手是這位護理師。」

這時，金森登紀子不知爲何顯得有些困惑，望著加賀說：「請問……應該可以說出來了吧？」

加賀搔了搔下巴：「嗯，好啊。」

「怎麼了？」松宮問金森登紀子。

「他下棋的對手並不是我，我只是依照收到的簡訊指示移動棋子而已。」

「簡訊？」

「然後等加賀先生……我是指加賀老先生，等他移動棋子之後，再由我寫簡訊回傳。」

一句「傳給誰？」還沒問出口，松宮恍然大悟。

「原來對手是恭哥？」

加賀微微苦笑，「一盤棋居然下了兩個月……不，可能更久一點吧。眞可惜，只差一點就下完了。」

松宮頓時說不出話。他感到十分慚愧，自己竟然一直誤會加賀是個無情的不孝子，沒想到加賀其實一直以他自己的方式與父親保持聯繫。

「加賀先生，這個給你。」金森登紀子朝加賀伸出右手，手中是一枚將棋棋子，「令尊緊緊握著這個。」

加賀拿起棋子一看，「是桂馬啊。」

「我想，令尊大概已知道眞正和他下將棋的是誰了。」

聽著金森登紀子的話，加賀默默點頭。

「接下來是輪到舅舅下嗎？」松宮問。

「是啊，老爸應該是想下在這裡吧。」加賀將那枚「桂馬」放到棋盤上，回頭笑著對父親說：「眞是精采的一記將軍。是老爸贏了呢，太好了。」

（全文完）

解說

指尖前端的美好方向——關於《紅色手指》

臥斧

（本文涉及《紅色手指》一書情節，請自行斟酌是否繼續閱讀）

我時常靜靜地坐在病房床頭的那張沙發上，看幾眼窗外正努力吐芽放蕊的樹枝和花苞，默想過去四十年來我對這老人的生命有過多少鑿掘和理解。

——《聆聽父親》

讀完東野圭吾的《紅色手指》，始料未及地想起國內文壇前輩張大春的《聆聽父親》。

這聯想乍看之下不倫不類：這兩位作家沒有什麼直接關聯，雖然都是男性，但創作的風格類型大相逕庭；《紅色手指》是東野以刑警加賀恭一郎爲主角的系列故事之一，而《聆聽父親》則是張大春在長子出生之前開始起筆的散文，兩者乍看之下也無啥相關。不過仔細琢磨，發現會有此般聯想，並非大腦皮質異常放電的意外刺激，而是其來有自。

最明顯的原因，在於《紅色手指》的核心主題。

《聆聽父親》內容涉及多種面向，主軸可視爲張大春向未出世的兒子敘述自己父親及前幾代父輩事蹟，這是由「家庭」延展而成的「家族」聯繫；而《紅色手指》敘述的事件如此這般：前原昭夫某日加班時接到其妻八重子的來電，本以爲是住在家裡的失智母親政惠出了狀況，急急返家後，才發覺獨子直巳不知爲何殺了一個小女孩。在妻子的夾纏要求下，昭夫在晚上協助棄屍，在意識到無法躲過警方搜查時，還想出一套將罪行推給母親的說詞；負責偵辦的刑警加賀覺得事有蹊蹺，但政惠已然無法替自己辯駁，眞相該如何水落石出？

這個重點看似「揭露眞凶身分」的故事，主題其實也聚焦在「家庭」上頭。

在《紅色手指》當中，主要有三組家庭結構：第一組是發生事件的主要舞台，也就是前原昭夫一家；第二組是案件負責的刑警之一松宮及其母親克子；第三組則是系列主角加賀及其父親隆正。此外，前原昭夫有個已嫁人、但時常來協助看顧母親的妹妹春美，而加賀的父親隆正與松宮的母親克子，也有兄妹關係。

這三組家庭結構，在《紅色手指》中相互對照。

前原一家是三組當中看起來成員最健全、但倫理崩壞最明顯的樣板：昭夫與獨子直巳的溝通不良，八重子與公婆的關係緊張、對兒子則是一味地偏袒寵溺；因爲八重子的強勢及昭夫的溫吞，讓他們在前原父親健康出現狀況時並未盡力協助，父親過世後才因貪圖獨棟住宅的便利與母親同住，最後甚至做出讓母親頂罪的計畫。松宮的父親原來另有家庭，與松宮母親克子發生外遇生下孩子，卻在還沒來得及順利離婚時意外喪生；這個家庭看似破碎，但在隆正的協助下，松宮不僅正常長大成人，也以隆正為榜樣進入警界。

加賀與父親的關係，則是一個有趣的伏筆。

《紅色手指》的開場，便是松宮到醫院探望隆正的場景，隨著情節開展，帶出加賀從不探望病危父親的情況，也提到隆正早年因全心工作、忽略家庭，導致妻子出走失蹤、加賀一直認為父親應為此事負責的心態。不過，倘若讀過本系列前幾部作品，會發現加賀父子的關係雖然不算太好，卻也沒有糟到彼此避不見面的地步；兩人之間為何會呈現這種絕決的漠然？要到結局，才會揭曉這層設計的意義。

另，故事中的兩組兄妹關係，也隱隱相對。

前原昭夫因自己家庭成員之故，疏於照顧父母，讓其妹春美擔起這個工作，待出了事情，又想欺騙春美、利用母親的病況脫罪；隆正的雙親早已過世，但克子因外遇生子之故、從事特種行業以撫養松宮的時候，隆正主動查出克子的地址、伸出援手。自私與體諒，讓這兩個家族的後續，產生截然兩樣的發展。

男女結合是家庭的開端，由此視之，這三組家庭關係也互不相同。

松宮的父母因愛結合，但沒有辦法產生法律認可的家庭結構；加賀的母親，則因父親沒有善盡應有的責任，選擇以離家出走的方式造成結構殘缺。前原昭夫與八重子所組成的家庭，「愛情」成分看起來不多，主要的維繫力量由「責任」產生；但這種失衡偏頗、徒具表象的負責方式，卻也正是導致悲劇的主因。

東野圭吾明白指出：故事中各個家庭狀況不同的原因，在其溝通方式的差異。成員健全的前原一家，個體之間缺乏良好的溝通，也就沒有產生體諒；無論是昭夫與八重子、昭夫與直巳，還是八重子與公婆之間，都因私己心態的歪斜而無法建立有效互諒的溝通模式；反觀看似冷漠的加賀父子，卻早已達成了某種特殊的溝通默契，是故雖然互不相見，但在結局時分，他們反倒傳達出比同住在一個屋簷下的前原家人更溫暖的體貼與諒解。

有趣的是，東野圭吾在此巧妙應用了本格推理的敘述模式。本格或古典推理，在結局之前常有嫌疑者大集合、由神探揭曉謎底的橋段；在《紅色手指》中，加賀早就視破前原一家的謊言，卻遲遲沒有道破——如此設計，並非單純遵從這個規則，而是要利用解謎時機，導正前原一家內裡的偏斜狀態。一如加賀對松宮所言：「……並不是解開眞相就算破案。什麼時機解開、怎麼解開，也非常重要。」在此，本格推理的敘述模式不只爲了製造劇末高潮，還具備了更深一層的意義。

或許這才是會從《紅色手指》想起《聆聽父親》的最重要原因。

爲了讓自己未來的孩子了解一脈相承的父輩歷史，也爲了讓自己更加了解已過世的父親，張大春從各個角度，既似散文又像小說地寫出了《聆聽父親》；而東野圭吾在推理小說的框架裡，塞入不同的家庭關係以完成《紅色手指》，試圖闡述的，其實也正是在這主要以血脈串聯的長鏈當中，「了解」所占的重要位置。書名點出的正是這個關鍵，角色們忽略此事，於是便朝黑暗的歧路而去。

因爲，沾了口紅的指尖，前端正是擁有美好希望的方向。

本文作者介紹

臥斧，除了閉嘴，臥斧沒有更妥適的方式可以自我介紹。

國家圖書館出版品預行編目資料

紅色手指／東野圭吾著；劉姿君譯. -- 二版. -
台北市：獨步文化：家庭傳媒城邦分公司發
行，2025.01
面；　公分. --（東野圭吾作品集；
27）
譯自：赤い指
ISBN 9786267609040（平裝）
ISBN 9786267609019（EPUB）

861.57　　113016935

東野圭吾作品集27 紅色手指

原著書名／赤い指
原出版社／講談社
作　　者／東野圭吾
翻　　譯／劉姿君
責任編輯／詹靜欣（初版）、陳盈竹（二版）
編輯總監／劉麗真
事業群總經理／謝至平
發 行 人／何飛鵬
出　　版／獨步文化
115台北市南港區昆陽街16號4樓
電話：886-2-25000888　傳真：886-2-2500-1951
發　　行／英屬蓋曼群島商家庭傳媒股份有限公司城邦分公司
115台北市南港區昆陽街16號8樓
客服專線：02-25007718；25007719
24小時傳真專線：02-25001990；25001991
服務時間：週一至週五上午09:30-12:00；下午13:30-17:00
劃撥帳號：19863813　戶名：書虫股份有限公司
讀者服務信箱：service@readingclub.com.tw
城邦網址：http://www.cite.com.tw
香港發行所／城邦（香港）出版集團有限公司
香港九龍土瓜灣土瓜灣道86號順聯工業大廈6樓A室
電話：(852)25086231　傳真：(852)25789337
E-mail: hkcite@biznetvigator.com
馬新發行所／城邦（馬新）出版集團
Cite (M) Sdn Bhd.
41, Jalan Radin Anum, Bandar Baru Sri Petaling,57000 Kuala Lumpur,
Malaysia
電話：(603)90578822　傳真：(603)90576622
E-mail:cite@cite.com.my
書封設計／蕭旭芳
排　　版／游淑萍
印　　刷／中原造像股份有限公司
□2011年3月初版
□2025年1月二版
售價／350元

ISBN 9786267609040（平裝）
ISBN 9786267609019（EPUB）

城邦讀書花園
www.cite.com.tw

廣　告　回　函
北區郵政管理登記證
台北廣字第000791號
郵資已付，免貼郵票

115020台北市南港區昆陽街16號4樓

英屬蓋曼群島商家庭傳媒股份有限公司

城邦分公司

請沿虛線對摺，謝謝！

書號：1UE027X	**書名**：紅色手指	**編碼**：

請於此處用膠水黏貼

讀者回函卡

謝謝您購買我們出版的書籍！

請費心填寫此回函卡，我們將不定期寄上城邦集團最新的出版訊息。

姓名：＿＿＿＿＿＿＿＿＿＿ 性別：□男 □女

生日：西元＿＿＿＿年＿＿＿＿月＿＿＿＿日

地址：＿＿＿＿＿＿＿＿＿＿

聯絡電話：＿＿＿＿＿＿＿＿ 傳真：＿＿＿＿＿＿＿＿

E-mail：＿＿＿＿＿＿＿＿＿＿

學歷：□1.小學 □2.國中 □3.高中 □4.大專 □5.研究所以上

職業：□1.學生 □2.軍公教 □3.服務 □4.金融 □5.製造 □6.資訊

□7.傳播 □8.自由業 □9.農漁牧 □10.家管 □11.退休

□12.其他＿＿＿＿＿＿＿＿＿＿

您從何種方式得知本書消息？

□1.書店 □2.網路 □3.報紙 □4.雜誌 □5.廣播 □6.電視

□7.親友推薦 □8.其他＿＿＿＿＿＿＿＿＿＿

您通常以何種方式購書？

□1.書店 □2.網路 □3.傳真訂購 □4.郵局劃撥 □5.其他

您喜歡閱讀哪些類別的書籍？

□1.財經商業 □2.自然科學 □3.歷史 □4.法律 □5.文學

□6.休閒旅遊 □7.小說 □8.人物傳記 □9.生活、勵志 □10.其他

對我們的建議：＿＿＿＿＿＿＿＿＿＿

＿＿＿＿＿＿＿＿＿＿

＿＿＿＿＿＿＿＿＿＿

為提供訂購、行銷、客戶管理或其他合於營業登記項目或章程所定業務需要之目的，家庭傳媒集團（即英屬蓋曼群島商家庭傳媒股份有限公司城邦分公司、城邦文化事業股份有限公司、書虫股份有限公司、墨刻出版股份有限公司、城邦原創股份有限公司），於本集團之營運期間及地區內，將以mail、傳真、電話、簡訊、郵寄或其他公告方式利用您提供之資料（資料類別：C001、C002、C003、C011等）。利用對象除本集團外，亦可能包括相關服務的協力機構。如您有依個資法第三條或其他需服務之處，得洽詢本公司服務信箱cite_apexpress@cite.com.tw請求協助。相關資料不提供亦不影響您的權益。

□我已詳讀權利義務之相關條款，並同意遵守。

請於此處用膠水黏貼